알무타납비 시 선집

A Selection of the Poems of al-Mutanabbī

역주

김능우(金能宇, Kim Neung-woo)

한국외국어대학교 아랍어과와 같은 대학교 대학원 아랍어문과를 졸업하였다. 수단의 국제 카르툼 아랍어연구소에서 아랍어교육학 석사학위를, 요르단대학교(University of Jordan)에서 중세 동부 지역 아랍인의 전쟁시(戰爭詩)에 관한 연구로 문학 박사학위를 받았다. 서울대학교 인문학연구원 HK연구교수를 거쳐 현재 서울대학교와 한국외국어대학교에서 강의하고 있다. 지은 책으로 『아랍시(詩)의 세계』, 『아랍인의 희로애락』, 『한국어-아랍어 사전』(공저), 『무알라까트』(주해), 옮긴 책으로 『야쿠비얀 빌딩』, 『시카고』, 『너의 낯섦은 나의 낯섦』, 『중세 아랍시로 본 이슬람 진영의 대(對)십자군 전쟁』(역주), 『성찰(省察)의 서(書)』(역주) 등이 있으며, 「알무타납비의 카푸르 풍자시 "축일(祝日)이여, 어쨌든 너는 돌아왔느냐?" 고찰」, 「카리야트(酒詩)의 시성(詩聖) 아부 누와스 고찰」, 「십자군 전쟁 당시 아랍 시인들의 이슬람 진영에 대한 비판」, 「중세 아랍시에 나타난 '몽골과 이슬람 세계와의 충돌'에 관한 연구」 등을 비롯한 여러 편의 논문이 있다.

중세 아랍시를 중심으로, 아랍 문학 작품에 나타난 문화와 사회 현상에 관심을 갖고 연구해오고 있다. 2020년 카타르 셰이크 하마드 번역상(Sheikh Hamad Award for Translation and International Understanding)을 수상했다.

알무타납비 시 선집

초판인쇄 2022년 4월 15일 **초판발행** 2022년 4월 29일

역주 김능우 **펴낸이** 박성모 **펴낸곳** 소명출판 **출판등록** 제13-522호

주소 06643 서울시 서초구 서초중앙로6길 15, 2층

전화 02-585-7840 **팩스** 02-585-7848 **전자우편** somyungbooks@daum.net

값 19,000원

ISBN 979-11-5905-689-5 93890

이 번역도서는 2018년 정부(교육과학기술부)의 재원으로 한국연구재단의 지원을 받아 수행된 연구임(2018S1A5A7037745).

한국연구재단
학술명저번역총서

알무타납비 시 선집

A Selection of the Poems of al-Mutanabbī

김능우 역주

시와 출판

머리말

아랍어로 문학literature에 해당되는 단어는 '아답adab'이다. '아답'은 어근상 '성찬盛饌에의 초대', '예의를 지킴', '세련된 글짓기'라는 여러 의미를 갖는다. 이 의미들은 별개로 보이지만 자세히 들여다보면 서로 연관성이 있음을 발견할 수 있다. '성찬에의 초대'는 귀한 손님을 정식 만찬에 초대해 품격 있는 식사와 대화를 나누는 것이고, '예의를 지킴'은 사람들 간에 서로를 존중하는 태도를 유지하여 격조 높은 인간관계를 형성하기 위한 것이다. 또한 '글짓기에 능함'은 탁월한 수사력으로 명징한 의미의 미문美文을 쓴다는 문학의 본질적 특성을 의미한다. 이러한 개별적 의미 세 가지를 하나로 모아 보면 아랍인이 생각하는 문학 곧 '아답'이 함의한 중층적인 개념을 유추할 수 있다. 즉 아답은 미학적으로 우수한 글로써 읽는 이에게 깊은 감동과 폭넓은 지식을 제공하여 개인적으로는 품위와 교양을 갖추도록 하는 한편, 집단적으로는 질서 잡힌 고도의 문명화된 사회를 이루는 데 기여하는 지적 활동으로 볼 수 있다. 이로써 중세 이슬람 시대에 아답은 순수 문학을 비롯해 폭넓게 인문학의 범주를 포함하는 개념으로 사용되기도 했다. 즉 문학, 역사, 철학 관련 글 모두 아답에 포함되었던 것이다.

이러한 아답의 범주에서 단연 선두에 놓이는 유형이 바로 아랍 고유의 정형시인 까씨다qaṣīdah이다. 이슬람 이전 시대(5세기 경~7세기 초)부터 현재까지 약 16세기 동안 그 명맥을 유지해오는 까씨다는 '아랍인의 삶의 보고寶庫'라고 칭해질 만큼 아랍인의 역사와 병존해온 문학 형태로 그들의 문화적 자부심의 상징이다. 엄격한 운율에 맞추어 시어를 택하는 고도의 언어 감각을 요하는 까씨다는 유목 중심의 아랍인의 부족 생활 및 중세 시대 우마이야조, 압바스조의 이슬람 제국에서 목격한 개별적이고 공동체적인 삶의 양태를 담아내는 장르로서 끊임없이 유지 발전해왔다. 이에 아랍문학사를 다룬 아랍 학자들의 저술에서 상당량의 지면이 까씨다 시인들에 관해 할애되어 있음은 그만큼 까씨다가 아랍 문학에서 큰 비중을 차지하고 있음을 방증하는 것이다.

그렇다면 까씨다의 중요성에 비추어 국내 학계에서 많은 연구와 번역이 이루어졌어야 했겠지만 실상은 그렇지 못했다. 그것은 까씨다 원문을 독해하기가 여간 지난하지 않기 때문이다. 까씨다의 언어가 고전 아랍어로서 오늘날 현대 아랍어와 형태상 큰 차이가 없다고 해도, 운율에 맞추기 위해 시인이 단어를 생략하거나 어순을 도치하고, 관용적 표현을 사용함으로써 현대의 아랍인조차 이해하기 어려운 부분이 많다. 그런 이유로 아랍 학자들은 까씨다 작품들에 대한 저마다의 해석을 담은 주해서를 집필하기도 했다. 따라서 한국인 연구자가 특정 까씨다 작품을 독해하려면 시 원문과 더불어 이러한 주해 자료를 참고할 필요가 있다. 특히 고대·중세의 유명한 아랍 시인들의 까씨다에 대해서는 여러 아랍 학자들이 주해하여 하나의 시행을 두고 다양한 해석을 하는 경우도 있어 역자로서는 그 참고 서적들을 두루 보아야 하기에 많은 시간을 요한다. 역자는 까씨다 작품을 대할 때마다 늘 난해한 고문서나 암호를 판독하는 심정으로 읽었고, 주해서를 참고해 행의 의미를 파악하고 번역을 마쳤을 때는 마치 오랜 기간 비밀리에 봉인되어 온 보물 상자를 여는 것처럼 설렘과 희열을 동시에 느끼는 경험을 해왔다.

이처럼 아랍문학 연구에서 고난이도 분야에 속하는 까씨다 세계에 발을 디딘 이래로 역자는 그동안 나름대로 이러한 까씨다 작품들을 일부 번역해 국내에 소개하는 작업을 해왔다. 그 예로, 『무알라까트』한길사, 2012는 이슬람 이전 시대(약 5~7세기 초)에 쓰인 아랍 최고最古의 까씨다 시집으로 알려진 것으로, 까씨다의 초기 형태와 주제를 엿볼 수 있는 작품이다. 『중세 아랍시로 본 이슬람 진영의 대對십자군 전쟁』서울대학교출판문화원, 2016은 무슬림들이 십자군에 맞선 전쟁 상황에 관련해 당대 아랍 시인들이 쓴 까씨다를 취합해 역주한 것이다. 『아랍시의 세계』명지출판사, 2004와 『아랍인의 희로애락』서울대학교출판문화원, 2020에서는 아랍인의 다양한 삶과 역사적 경험을 까씨다를 포함하는 아랍문학 작품을 통해 다루었던 역자의 글들을 정리하여 모아놓았다. 이러한 몇 편의 저작은 역자가 고대·중세 아랍문학 전공자로서 국내 대학의 아랍문학사나 아랍시 관련 강의에서 수업 자료로 사용하고, 국내 학계에서 체면치레할 만한 성과이긴 하지만, 아랍과 세계 학계의 차원에서는 극히 미미한 결과물에 지나지 않음이 사실이다. 그만큼 아랍문학사에서 소개해야 하는 까씨다 시인들과 그들의 작품은 대양大洋처럼 광대하며, 역자는 이제껏 그 대양에서 물 한 방울을 취했을 뿐이다.

이번에 역주서로 출간하는 『알무타납비 시 선집』은 물 한 방울을 더 뜨고자 하는 역자의 바람을 담은 것이라 할 수 있다. 본 시 선집은 중세 아랍 시인 1인의 작품을 선별해 번역하는 작업으로는 역자의 첫 시도이다. 다만 시간상의 제약으로 알무타납비의 많은 작품을 소개하지 못해 아쉬움이 남는다. 그럼에도 중세 이슬람 시대를 빛낸 아랍 시인의 작품을 국내 연구자와 독자들에게 알릴 수 있음에 보람이 느껴진다. 앞으로도 가능하다면 중세 이슬람 문명의 황금시대를 빛낸 아랍 시인들의 까씨다를 역주하는 작업을 계속해 나갈 예정이다. 끝으로 본 시 선집이 명저 번역지원사업에 선정되어 번역·출간될 수 있도록 지원해준 한국연구재단에 감사의 마음을 전한다.

2022년 3월
김능우

해제

중세 이슬람 황금기를 빛낸 시인 알무타납비

Abū al-Ṭayyīb Aḥmad ibn al-Ḥusayn al-Mutanabbī, 915~965

알무타납비의 위상, 생애

7세기 초 이슬람의 등장을 전후한 약 1,600년의 아랍 문학사에서 시는 산문에 비해 월등한 위상을 누렸으며 아랍문학의 근간을 이루어 왔다. 특히 이슬람 시대에 시인들은 인간사의 제 측면을 다루기에 적합한 문명어인 아랍어로 이슬람 제국 내 사람들의 희로애락과 삶의 가치에 대한 성찰을 시에 담아냈다. 시를 통해 아랍어 고유의 리듬과 운율을 극대화하고 풍부한 어휘와 표현으로 수사修辭가 발달하면서 아랍문학은 역사의 시공간을 초월해 만개했으며, 이는 현대에 이르러 1988년 이집트 작가 나깁 마흐푸즈Najīb Maḥfūẓ, 2006 사망가 노벨문학상을 수상하는 쾌거와 영광으로 이어졌다. 중세 아랍 문학의 차원을 한층 끌어올린 다수의 특출한 문인들이 있었으며 그중에서 천재 시인 알무타납비만큼 유명세를 누린 자는 극히 소수이다. 시적 영감과 감화력에서 탁월한 시인으로 알려진 알무타납비가 남긴 수많은 시편들은 아랍시의 정수精髓로 보아 손색이 없다. 예술성과 사고의 깊이에서 아랍 비평가들은 『루바이야트al-Rubā' *īyāt*』를 쓴 페르시아 시인 오마르 알카이얌ʿUmar al-Khayyām, 1131 사망보다 알무타납비를 더 뛰어난 시인으로 평하기도 한다.

중세의 탁월한 시인들 중 알무타납비는 단연 수위를 차지한다. 그것은 삶에 대한 그의 열정, 자긍심과 더불어 생동감과 재기가 넘치는 시적 표현과 명징한 주제 의식이 그의 시 작품에 고스란히 투영되어 있어서이다. 그의 시에 대한 아랍인의 관심은 오늘날까지 그의 시집에 대한 아랍 학자들의 주해서가 40종을 넘고, 세계 20여 개의 언어로 번역되어 있는 것에서도 알 수 있다. 그의 시가 당대 아랍 전 지역에 걸쳐 어느 정도로 유명했는가를 보여주는 일화가 있다.

> 바그다드 출신의 한 남자가 알무타납비의 시를 싫어했다. 그는 알무타납비에 관한 이야기가 언급되거나 그의 시가 낭송되는 곳에서 절대 살지 않겠다고 맹세했다. 그는 바그다드를 떠나 아랍인이 사는 이곳저곳을 다녔으나 알무타납비에 관한 이야기가 들리지 않는 곳이 없었다. 그는 아랍 지역을 떠나 머나먼 투르크족의 지역에 갔다. 투르크인들은 알무타납비에 관해 아는 바가 없었다. 금요일이 되어 그는 근처 이슬람 사원에 가서 투르크인 무슬림들과 함께 예배를 드렸다. 그런데 예배 설교자가 말하는 중에 알무타납비의 시를 인용하는 것이 아닌가. 그는 체념하고 다시 바그다드로 돌아왔다.[1]

타 시인들이 감히 범접할 수 없는 시재詩才와 지식을 갖추었던 알무타납비는 아랍인들로부터 '당대의 기적'으로 묘사될 정도로 걸출한 시인

---

1 ʿAbd al-Wahhāb ʿAzzām, *Dhikrā Abī Tayyib baʿda Alf ʿĀm*, p.322.

이며, 오늘날까지 그의 시는 아랍 시인들과 작가들에게 문학적 영감의 원천이 되고 있다.

알무타납비가 살던 시대는 중세 이슬람 문명을 꽃피웠던 압바스 제국이 사회·정치 문제로 쇠락하며 붕괴되어 가는 기간이었다. 제국 변방에 군소 왕조가 난립했고, 제국은 압바스조'Abbāsids, 750~1258, 이라크와 페르시아의 부와이흐조Buwayhids, Būyids, 932~1062, 시리아의 함단조Ḥamdānids, 890~1004, 이집트의 이크쉬드조Ikhshīdids, 935~969 등으로 분열되었다. 왕조들은 경쟁적으로 학문과 문학을 발전시켰으며, 통치자와 고관들은 자신의 위상을 알리기 위해 학자와 문인을 초빙하고 지원하였다. 이로써 각 왕조의 궁정에는 시인과 작가들이 몰려들었고 당대 유명세를 떨쳤던 알무타납비 또한 지배층 사람들로부터 환대를 받았다.

알무타납비는 압바스 제국의 수도 바그다드의 남부에 위치한 쿠파의 비천한 가정에서 태어나 그곳에서 소년 시절을 보내며 글을 배웠다. 이후 성장 과정에서 사막 지역으로 나가 베두인(아랍 유목민)의 정통 아랍어를 익히며 시인으로서 기초를 다졌다. 그는 고향으로 돌아온 뒤 서적상들과 가까이 지내며 그들이 소장한 책을 읽고 지식을 쌓는 등 풍부한 독서와 학자들과의 만남을 통해 학문을 연마했다.

알무타납비는 자신의 시재를 활용해 시리아 지역의 여러 곳을 다니며 지사知事들을 비롯한 고관대작들을 칭송하여 명성을 얻고 그들로부터 하사품을 받으며 지냈다. 그러던 중 337/948년 그의 시에 감탄한 알레포의 제후인 함단조의 군주 사이프 알다울라[2]의 초청을 받았다. 이후 그는

---

2 사이프 알다울라(Sayf al-Dawlah, Abū al-Ḥasan 'Alī ibn Abī al-Hayjā' al-Ḥamdānī, 945~967 재위) : 알레포 함단조의 통치자. 아랍인 제후로서, 비잔티움 제국을 상대로 많

9년간948~957 사이프 알다울라의 최고 궁정 시인으로 일하며 군주를 찬양하는 불후의 시들을 지었다.[3] 사이프 알다울라는 알무타납비를 가까이 두고 극진히 대우해주었고, 알무타납비는 교양과 용맹을 갖춘 군주를 진심과 성의를 다해 찬양했다. 특히 알무타납비는 사이프 알다울라가 비잔티움 제국을 상대로 수행한 전쟁에 함께 수행해 많은 전투를 목격하고, 전투의 고충과 승리의 감격, 패배의 슬픔을 시로 표현했다. 일례로, 다음 시에서 알무타납비는 깊은 신앙심과 탁견을 지닌 통치자이자, 적군을 격퇴하여 무슬림을 보호하는 군사 지도자로 사이프 알다울라를 묘사하며 칭송한다.

여러 종교와 언어의 비밀을 알고 계신 그분은
학자들과 백가서百家書를 무색케 하는 식견을 지니고 있다

당신은 우리 피부에 능라綾羅와 자수刺繡천, 예멘 옷옷을
자라게 하는 비가 되는 축복을 받으시길!

은 전쟁을 수행하는 한편, 문화 사업을 지원했던 것으로 유명하다. 그는 학자들과 더불어, 알무타납비, 아부 피라스 알함다니 등의 뛰어난 궁정 시인들을 후원했으며, 그를 위해 많은 칭송시가 지어졌다. Julie Scott Meisami, and Paul Starkey(ed.), *Encyclopedia of Arabic Literature*, 'Hamdanids'; *The Encyclopaedia of Islam*, vol.9, 'Sayf al-Dawla'; 김능우, 「무타납비의 사이프 다울라 칭송시」, 『아랍시의 세계』, 282쪽.

3 사이프 알다울라와 관련해 알무타납비는 38편의 까씨다(qaṣīdah, 아랍의 전통 정형 장시(長詩)), 31편의 단시(短詩)를 지었으며 총 시행 수는 1,512행에 달한다. 까씨다 중 14편은 사이프 알다울라가 수행한 비잔티움 제국과의 전쟁에 관한 것이고, 4편은 아랍인들과의 전쟁, 15편은 전쟁과는 무관하게 주군에 대한 칭송시이다. 'Abd al-Raḥmān al-Barqūqī, *Sharḥ Dīwān al-Mutanabbī*, vol.1, p.39.

당신은 넉넉히 베푸는 분이 되고, 군마를 몰아대며
적의 갑옷을 내리치고 적의 창자를 흩트리는 분이 되는 축복을 받으시길!

당신의 현명한 판단이 변경 지역 주민들에게 기쁨이 되기를!
당신은 알라를 믿는 자로서 그 주민들을 위한 조력자가 되었다

—5번 시

그러나 각별한 친분과 후대에도 불구하고 알무타납비는 사이프 알다울라를 떠나야만 했다. 결별의 첫째 이유는 궁정에서 알무타납비를 시기하는 자들의 이간질이었다. 즉, 알무타납비는 시작詩作 역량에서 다른 시인들보다 월등했기에 사이프 알다울라의 총애를 받아 그들의 시기와 분노의 대상이 되었다. 그들은 알무타납비에 적개심을 품었을 뿐만 아니라 음해하기 위한 계략을 꾸몄고 알무타납비는 이를 견딜 수 없었다. 한편, 늘 자아 중심적이고 오만한 자세를 보이는 알무타납비에게 주군인 사이프 알다울라가 질렸던 것도 결별의 또 다른 원인이었다. 사이프 알다울라가 미리 수개월 전에 요청을 해야 시를 지을 정도로 그는 주군에게조차 불손한 태도를 보였다. 사이프 알다울라는 알무타납비의 시에 심취해 매일 칭송시를 듣고 싶어 했지만 그는 매년 단시 외에 네다섯 편의 까씨다만을 지었는데 이는 충분히 사이프 알다울라의 분노를 살 만한 것이었다. 이와 관련해 함단조의 궁정 시인 아부 피라스Abū Firās al-Ḥamdānī, 968 사망가 사이프 알다울라에게 한 조언은 납득할 만하다. "이 떠벌이는 자(알무타납비)는 주군께 큰 무례를 범하고 있습니다. 주군께선 그자에게 세 편의 까씨다에 대해 매년 3천 디나르를 주고 계십니다. 주군께서는 그자의

시보다 우수한 시를 짓는 시인 20명에게 2백 디나르를 하사하실 수 있습니다."[4]

알레포에서 나온 알무타납비는 시리아 지역과 팔레스타인 지역을 돌아다녔다. 그러던 중 이집트 이크쉬드조의 카푸르[5]가 관할구역의 지사를 통해 알무타납비를 이집트로 초대했고, 그는 이에 응하였다. 이집트에서 4년 반957~962 머무는 동안 그는 학문에 조예가 깊은 통치자인 카푸르의 환대를 받으며 궁정 시인으로 지냈다. 그는 카푸르를 위한 칭송시를 짓는 한편,[6] 이집트나 시리아 지역 내에서 주지사wālī가 되려는 정치적 야망을 품었다. 사실 알무타납비가 이집트로 간 목적은 많은 재물을 받아 부를 축적하기보다는 고을이나 주州의 행정 구역을 봉토로 받아 지역 수장이 되는 데 있었다. 카푸르도 실제로 알무타납비를 이집트로 초청하면서 주지사 임명을 약속했었지만 차일피일 약속 이행을 미루었다. 알무타납비는 자신의 시에서 카푸르의 약속 이행을 간청하기까지 했다.

당신의 약속은 말에 앞서는 행동입니다
진실한 말을 하는 사람은 약속한 바를 행하기 마련이지요[7]

---

4 Ibid., p.41.

5 카푸르(Abū al-Misk Kāfūr, 966~968 공식 재위)는 이크쉬드조의 창건자 무함마드 이븐 뚜그즈(Muhammad ibn Tughj, 935~946 재위)가 사망한 946년부터 정식 통치자인 이븐 뚜그즈의 두 아들을 대신해 최고 통수권을 행사했으며, 966년 스스로 이집트의 단독 통치자임을 공식 선언했다. *The Encyclopaedia of Islam*, vol.4, 'Kāfūr'.

6 알무타납비는 이집트에 왔을 때부터 카푸르 칭송시를 짓기 시작해 349/960~1년 마지막 칭송시를 지었다. 이후 이집트를 떠날 때까지 1년 2개월 동안은 카푸르를 위한 시를 짓지 않았다. 그렇게 3년 4개월 기간 중 알무타납비는 9편의 까씨다와 두 편의 단시를 지어 칭송했는데 그 시행의 양은 370개로 사이프 알다울라 칭송시 시행 분량의 1/4이다. 'Abd al-Raḥmān al-Barqūqī, op. cit., vol.1, p.46.

7 Ibid., vol.2, p.128.

카푸르는 알무타납비가 단지 재물을 원하는 자라면 충분한 금액을 하사하여 욕구를 충족시켜주었을 테지만 알무타납비가 원한 것은 직위였다. 카푸르는 애초부터 알무타납비의 정치적 야심을 간파하고 있었기에 그에게 봉토를 할양할 생각이 없었다. 결국 알무타납비는 기대했던 결과를 얻지 못하자 좌절감에 사로잡힌 나머지 시를 통해 여러 번 자신이 이집트를 떠날 것임을 카푸르에게 암시하기도 했다. 카푸르는 알무타납비의 칭송시를 계속 기대하면서도, 다른 한편으로는 자신에 대한 알무타납비의 풍자를 우려해 그가 이집트를 떠나는 것을 바라지 않았다. 더욱이 카푸르는 자신을 향해 알무타납비가 직설적인 풍자를 한 후에는 아예 그의 출국을 금했다. 불안한 상황에 처한 알무타납비는 기회를 엿보던 중, 카푸르가 희생제 명절 행사로 바쁜 가운데 소홀한 틈을 이용해 962년 이집트를 탈출하는 데 성공했다.

탈출하기 전날 알무타납비는 이집트에서 마지막으로 다음의 풍자시를 지었다. 그는 시에서 자신을 감언이설로 이집트에 오게 한 이크쉬드조 사람들을 간교한 자들로 비난하고, 그에게 고위직을 허락하지 않은 카푸르가 근본이 미천한 흑인 노예이며 환관임을 들추어낸다.

> 나는 거짓말쟁이들이 있는 곳에 머물렀다
> 그들은 손님을 환대하지도 않고 그가 떠나는 것도 막고 있구나
>
> 남자의 관대함이란 손에서 나오건만 저들의 관대함은 혀에서 나온다
> 관대함이라곤 없는 그들에게 신의 징벌이 있기를!

어느 누가 이 흑인 환관에게 품격을 가르쳐주었던가?
그의 가문은 귀족이었던가, 아니면 그의 조상이 왕족이었던가?

좀스러운 카푸르는 비열한 짓에 대해 용서받을 만한 천한 자들 중 하나인데
누구를 용서한다는 것은 실은 그를 책망한다는 것이지

—22번 시

카푸르는 이 풍자시를 듣는 동시에 알무타납비가 도망쳤다는 소식에 화가 치미는 한편, 이 혹독한 내용의 시가 사람들에게 전파될 것이 걱정되었다. 그는 알무타납비 생포를 위해 군대를 보내는 한편, 각지에 명을 내려 알무타납비가 지나갈 길목을 차단하게 했지만 알무타납비는 무사히 빠져나와 351/962~3년 이라크 지역의 고향 쿠파에 도착했다. 사이프 알다울라는 알무타납비가 쿠파에 돌아왔다는 소식을 듣고 선물과 함께 서신을 보내 알레포로 돌아올 것을 제안했지만 알무타납비는 이에 응하지 않았고, 대신 마음을 담은 칭송시를 지어 답했다.

그 무렵 이라크 지역은 부와이흐조의 수중에 들어가 있었다. 당시 부와이흐조는 세 형제 알리(이마드 알다울라ʿAlī ʿImād al-Dawlah), 알하산(루큰 알다울라al- Ḥasan Rukn al-Dawlah), 아흐마드(무잇즈 알다울라Aḥmad Muʿizz al-Dawlah)가 합심하여 페르시아 지역과 이라크 지역을 통치하고 있었다. 알무타납비는 쿠파로 돌아온 이래 그곳에서 353/964~5년까지 머물렀고, 그 기간 동안 쿠파와 바그다드를 오갔다. 352/963~4년 그가 바그다드에 갔을 때 부와이흐조의 무잇즈 알다울라의 와지르(재상)인 알무할라비al-Wazīr al-Muhallabī는 알무타납비에게 자신을 위한 칭송시를 청했다. 알무타납비

는 이 재상을 무잇즈 알다울라에 이르기 위한 인맥으로 삼을 요량이었기에 칭송시를 써줄 생각이었다. 그러나 재상이 경박한 자이고, 방탕한 자들과 어울린다는 말을 들은 알무타납비는 요구에 응하지 않았다. 알무할라비는 알무타납비의 칭송시를 기대했다가 무시당하자 크게 진노했다. 그는 다른 시인들을 동원해 알무타납비를 모욕하고 명예를 훼손했지만 알무타납비는 그들의 공세를 외면해버렸다.

알무할라비 사후 부와이흐조의 루큰 알다울라의 재상인 아부 알파들 이븐 알아미드Abū al-Faḍl ibn al-'Amīd가 알무타납비에게 서신을 보내 자신이 있는 아르라잔Arrajān, Argan에 와달라고 청하자 알무타납비는 그에게로 가서 많은 칭송시를 지어주었고 하사품을 받았다. 이어 부와이흐조의 아두드 알다울라'Aḍud al-Dawlah가 알무타납비를 자신이 있는 쉬라즈로 초청했고, 알무타납비는 그에게 가서 3개월 머물면서 그를 위한 칭송시를 지었다. 354/965년 말 알무타납비는 아두드 알다울라로부터 많은 하사품을 받고 돌아오다가 바그다드 근방에 이르렀을 때 강도 무리의 공격을 받아 동행하던 아들, 하인과 함께 피살됨으로써 생애를 마쳤다.[8]

---

8 파티크라는 이름의 남자가 무리를 이끌고 알무타납비의 일행을 공격해서 재물을 빼앗고 알무타납비와 아들, 동행한 하인들을 죽였다. 파티크는 한때 알무타납비의 풍자 대상이었던 답바 이븐 야지드의 외삼촌으로, 알무타납비에게 복수하고 재물을 강탈하고자 했다. 또는 파티크와 그의 무리는 순례자들을 노리는 노상강도였다고도 전해진다. Ibid., vol.1, p.65.

별명 '알무타납비'의 유래와 함의

여기에서 그가 본명 '아흐마드 아부 알따입'보다 '알무타납비'라는 별명으로 당대와 문학사에서 더 알려진 배경을 알아보자. 대다수 아랍 학자들의 연구는 '나비nabī, 예언자임을 자처하는 자'라는 뜻의 이 별명은 그의 시적 재능과 인생관, 성향 등 모든 면을 압축하고 있음을 보여준다.

이 별명의 유래와 관련해 먼저 문학적 역량에 초점을 맞춘 견해를 보자. 이는 예언자의 언사를 연상시키는 비범한 그의 시재를 고려한 것이다. 이에 따르면 이 별명은 시인 스스로 지은 것이거나, 또는 그의 탁월한 시에 감탄한 사람들이 그의 시적 천재성을 알아보고 상징적으로 지어주었다는 것이다.[9] 이 해석은 그의 시적 재능을 신의 계시를 받아 전하는 초인적인 예언자의 언어능력에 버금가는 것으로 본 것이다.

이 별명의 유래를 정치적, 종교적 측면에서 보는 견해도 있다. 별명을 그의 정치적 목적과 연관시키는 경우는 곧 알무타납비가 민족주의적 성향을 지닌 정치 지도자, 곧 아랍 민족을 위기에서 구할 예언자임을 자임하려는 데서 이 별명이 생겼다는 가설이다. 이와 관련해서 일화가 전해진다. 그는 청년 시절, 아랍인이 비아랍계 통치자들의 지배를 받는 가운데 시리아 지역 바알베크 부근의 '나클라' 주민들에게 저항 의식을 일깨우려는 의도로 시를 지었으며 그 일부는 다음과 같다.

나클라 지역에서 내 위치는

---

9 Shawqī Ḍayf, *ʿAṣr al-Duwal wa al-Imārāt : al-Jazīrah al-ʿArabīyah al-ʿIrāq Īrān*, pp.345~346.

유대인들 속에 놓인 (예수) 그리스도의 위치와 다름없네

숭고하게 살든지, 아니면 창으로 전투하고
군기軍旗가 나부끼는 가운데 위엄 있게 죽자

지옥에서도 숭고함을 찾자
그리고 굴욕을 감수하며 불멸의 천국에서 살기를 포기하자

나는 관대함을 지닌 자이며 시인으로
적을 쏘는 화살이자, 질투하는 자들에게 분노를 일으키는 자

알라께서 계시를 내린 민족 안에서
나는 사무드족의 쌀리흐[10] 같은 이방인[11]

이 시에서 알무타납비는 자신을 예수 그리스도나 예언자 쌀리흐에 비유하고 있다. 이 시행이 문제가 되어 당대 사람들은 그가 예언자 행세를 한다고 고발했고, 결국 그는 투옥되기까지 했다. 그의 별명의 유래가 되는 이 시는 알무타납비의 아랍주의, 곧 아랍인을 타민족의 지배로 인한 굴욕 상태에서 구하고 아랍인의 영광을 회복하려는 정치적 목적을 띠고

10 사무드족은 코란(7:73~79)과 고대 기록에 언급되었던 종족으로, 신성한 계시가 예언자 쌀리흐를 통해 그들에게 전해졌다. 그의 계시는 사무드족이 죽였던[절름발이로 만든] 한 마리 낙타로 상징화된다. 그 낙타는 알라에 대한 겸손한 인내와 순종, 알라의 축복의 상징이었다. 계시를 거부한 대가로 그 종족은 지진과 벼락으로 멸망했다. 김정위 편, 『이슬람 사전(事典)』, 66~67("쌀리흐")·349("사무드")쪽.

11 ʿAbd al-Raḥmān al-Barqūqī, op. cit., vol.2, pp.38~48.

있어,[12] 그가 청년기부터 자신을 무리의 예언자이자 수장, 지도자의 위상으로 끌어올리며 정치적 야망을 품었음을 엿볼 수 있다.

한편, 이 별명을 그의 종교 활동이나 종파와 연결 짓는 경우도 있다. 그것은 알무타납비가 이슬람 시아파에 속하는 이스마일파 또는 까르마트파[13]의 선교사로 활동하는 과정에서 이 별명을 갖게 되었다고 보는 것이다. 당시 압바스조 제국의 수도 바그다드의 중앙 권력이 약화된 상황에서 시리아 지역은 새로운 분쟁 지역이 되었다. 즉 이집트를 기반으로 하는 이크쉬드조가 다마스쿠스를, 그리고 사이프 알다울라의 함단조가 알레포를 중심으로 세력을 확장하는 등 압바스조가 붕괴된 틈을 타 정치적 야욕을 가진 자들이 시리아 지역으로 진출했다. 이 상황에서 18살의 알무타납비는 입신양명을 위해, 또한 통치체제를 전복하고 부패한 자들을 제거하려는 이스마일파의 목표를 실현하기 위해 이라크 지역을 떠나 시리아 지역으로 갔다. 그곳에서 알무타납비는 이스마일파의 선교사로서 예언자를 자처하며 유목민들에게 교의를 전파했고, 그들은 군대가 되어 그를 따랐다.[14] 당시 그는 예언자를 사칭한 죄목으로 오랜 기간 투옥되어 죽을 지경에 이르렀다가 회개했음이 인정되어 석방되었다. 이처럼 정치적, 종교적 동기에서 예언자를 자임한 사건들은 공통적으로 그가 이

12 Shawqī Ḍayf, op. cit., pp.345~346.

13 까르마트파(Qarmatians) : 시아파 내 일곱이맘파의 분파 중 하나로, 이맘이 없고 인민주의 사상을 따르며 정치적 반란을 강령으로 삼았다. 여러 일곱이맘파 운동은 이슬람 제국 전역에 있던 분파들과 함께 비밀리에 지하조직을 형성하여 반란을 일으켜 우마이야조를 계승한 압바스조를 전복시키려 하였다. 일곱이맘파 중 이스마일파(Ismāʿīlīs) 조직들은 이집트를 정복하여 파티마조를 세웠다. 다른 조직인 까르마트파는 동(東)아라비아와 바레인을 차지했으며, 한때 메카를 점령하기도 했다. 김정위 편, 앞의 책, 522~530("이스마일파")·558~560("일곱이맘파")쪽.

14 Ḥannā al-Fākhūrī, *al-Jāmiʿ fī Tārīkh al-ʾAdab al-ʿArabī : al-ʾAdab al-Qadīm*, pp.787~788.

일로 인한 불경죄로 투옥된 경험이 있음을 말해준다.

인류의 종교 역사에서 예언자는 범인凡人의 한계를 뛰어넘은 능력을 구비하고, 한 민족이나 집단의 운명을 결정짓는 역할을 맡은 비범한 인물로 여겨진다. 예언자가 구사하는 언어는 신비스런 수사修辭를 통해 심오한 의미를 담고 있어 일반 문인이 그 표현에서 흉내조차 낼 수가 없다. 예언자는 그러한 언어로 사람들을 속세 삶에서의 오류와 착각에서 벗어나게 해 올바른 삶의 길을 제시해 인도하는 지도자로서의 역할을 감당하려 한다. 그렇다면 시인 '아흐마드 아부 알따입'이 '예언자를 자처하는 자'라는 의미의 '알무타납비'라는 별명으로 불리고 널리 알려졌음은, 적어도 언어 구사력에서 그가 예언자 반열에 근접한 인물이었음을 말해주는 것은 아닐까? 이슬람 예언자 무함마드가 신비한 코란의 언어로 사람들을 감화시키고 그들의 정치, 종교 지도자로 나섰듯이 알무타납비 자신도 그렇게 되려는 의지가 반영된 것은 아닐까?

알무타납비의 시집에 수록된 시의 주제는 여느 유명 아랍 시인의 경우처럼 칭송, 풍자, 긍지, 사랑, 금언 등을 망라하고 있다. 그의 시집에 대해서는 중세의 여러 아랍학자들과 현대 서구의 동양학자들이 주해를 한 바 있다. 본서에서는 그중에 기존의 우수한 아랍어 주해서들을 종합하고 각 행의 어휘와 의미 해설에 충실한 것으로 정평이 나있는 알바르꾸끼'Abd al-Raḥmān al-Barqūqī, 1876~1944의 주해서를 저본으로 삼고, 알오크바리Abū al-Baqā' al-'Ukbarī, 1143~1219의 주해서를 참고해 역주하였다. 그가 지은 시의 분량은 방대하므로 본서에서는 사이프 알다울라와 관련된 전쟁 무용담이 포함된 찬양시와 카푸르에 관련된 찬양시, 풍자시를 중심으로 대표 작품을 선별하여 번역하였다.

일러두기

1. 이 책에서 알무타납비의 시 작품을 인용·해설하기 위해 저본으로 삼은 책과 참고 서적의 아랍어 서지 사항은 다음과 같다.
   【저본】'Abd al-Raḥmān al-Barqūqī, *Sharḥ Dīwān al-Mutanabbī*, vol.1~vol.4, Dār al-Kitāb al-'Arabī, Beirut, Lebanon, 1986.(압둘 라흐만 알바르꾸끼 주해, 『알무타납비 시집 주해』 1~4권, 베이루트, 레바논 : 아랍서적출판사, 1986)
   【참고서적】Abū al-Baqā' al-'Ukbarī, *Dīwān Abī al-Ṭayyib al-Mutanabbī*, vol.1~vol.4, Dār al-Ma'rifah, Beirut, Lebanon.(아부 알바까 알오크바리 주해, 『아부 알따입 알무타납비 시집』 1~4권, 베이루트, 레바논 : 지식출판사)
2. 이 책은 상기 저본에 수록된 알무타납비의 까씨다(qaṣīdah, 아랍의 전통 정형 장시(長詩)) 중에서 22편의 아랍어 원문을 완역한 것이다. 다만 시인의 생애와 작품 해제는 독자의 이해를 돕기 위해 역자가 추가한 것이다.
3. 이 책의 제목 『알무타납비 시 선집』은 저본의 제목이 아니며 역자가 정한 것이다.
4. 각 시 작품의 제목은 원작에는 없는 것으로, 역자가 해당 작품의 시행에서 주제를 드러내는 구절을 따서 붙인 것이다.
5. 연도 표기는 필요한 경우 이슬람력(A.H.)과 서력(A.D.)을 순서대로 나란히 제시하였으며, 빗금(/) 표시로 양자를 구분했다.
   예) 351/962~3년
6. 각 시 작품에서 행의 일련번호는 원작에는 없는 것으로 독자의 편의를 위해 역자가 부여한 것이다.
7. 각 시 작품에서는, 독자의 이해를 돕기 위해 역자의 작품 해제를 두었고, 이어 우리말 번역문을 제시했으며, 난해한 아랍어 어휘와 구절에 대한 설명을 각주 형태로 제시했다.
8. 한글 번역문은 의역 또는 윤문된 한글 문장을 제시했고, 필요한 경우 각주에서 【직】의 표시와 함께 직역한 문장을 제시했다.
9. 이 책의 각주 해설은 대부분 상기의 저본과 알오크바리의 주해서 원문에서 옮긴 것으로, 원주임을 나타내는 별도의 기호는 쓰지 않았다. 다만 옮긴이의 각주인 경우에는 보충 설명 뒤에 (옮긴이)로 표시했다.
10. 이 책에서는 아래와 같이 아랍어 글자를 영문 및 음성 기호, 한글에 대응시켜 전사하며, 장모음은 표시하지 않는다.

아랍어 글자	영문 및 음성 기호 전사	한글 전사	예
ا	'	후속 모음에 따라 /아/, /우/, /이/	'amīr(아미르), al-'Uḥaydib(알우하이딥), 'Ikhshīd(이크쉬드)
ب	b	/ㅂ/	Rabī'ah(라비아)
ت	t	/ㅌ/	Tall Biṭrīq(탈 비뜨릭)
ث	th	/ㅅ/	al-Ḥadath(알하다스)
ج	j	/ㅈ/	Ṣanjah(싼자)
ح	ḥ	/ㅎ/	al-Ḥasan(알하산)
خ	kh	/ㅋ/	al-Khaṭṭ(알캇뜨)
د	d	/ㄷ/	Dalūk(달룩)
ذ	dh	/ㄷ/	Munqidh(문끼드)
ر	r	/ㄹ/	Rudaynah(루다이나)
ز	z	/ㅈ/	Nizār(니자르)

아랍어 글자	영문 및 음성 기호 전사	한글 전사	예
س	s	/ㅅ/	Sayf(사이프)
ش	sh	후속 모음에 따라 /샤/, /슈/, /쉬/	Kharshanah(카르샤나), Shumushqīq(슈무쉬끼끄), Rāshid(라쉬드)
ص	ṣ	/ㅆ/	Nāṣir(나씨르)
ض	ḍ	/ㄷ/	Muḍar(무다르)
ط	ṭ	/ㄸ/	Malaṭyah(말라뜨야)
ظ	ẓ	/ㄷ/	al-Ḥāfiẓ(알하피드)
ع	ʿ	후속 모음에 따라 /아/, /오/, /이/	ʿAlī(알리), al-ʿUqaylī(알오까일리), ʿImād(이마드)
غ	gh	/ㄱ/	Ṭughj(뚜그즈)
ف	f	/ㅍ/	al-Ṣafṣāf(알싸프싸프)
ق	q	/ㄲ/	ʿArqah(아르까)
ك	k	/ㅋ/	Kāfūr(카푸르)
ل	l	/ㄹ/ 또는 /ㄹㄹ/	fals(팔스), Hilāl(힐랄)
م	m	/ㅁ/	al-Mashārif(알마샤리프)
ن	n	/ㄴ/	ʿAdnān(아드난)
ه	h	/ㅎ/	al-Hayjāʾ(알하이자)
و	w	후속 모음에 따라 /와/, /우/, /위/	Wabār(와바르), wuḍūḥ(우두흐), wizārah(위자라)
ي	y	후속 모음에 따라 /야/, /유/, /이/	Yazīd(야지드), Yūsuf(유수프), yanāyir(야나이르)

11. 아랍어 고유명사 중에서 그 한글 표기가 이미 국내에서 통용되어 온 단어는 상기의 전사 방식을 따르지 않고 기존의 한글 표기를 사용하였다.

예) • al-Qurʾān : '알꾸르안'(이슬람 경전) → '코란'
• al-Baṣrah : '알바쓰라'(도시) → '바스라'
• Makkah : '막카'(이슬람 성지) → '메카'
• khalīfah : '칼리파'(이슬람 제국 최고 통치자의 칭호) → '칼리프'

12. 아랍어 정관사 ال(/al/)의 한글 전사는, 그 뒤에 오는 글자의 종류(태양문자, 월문자)에 상관없이 모두 /알/로 통일하였다.

예) • al-Mutanabbī(알무타납비)
• Sayf al-Dawlah(사이프 알다울라)

차례

II. 카푸르 관련 시

I.

사이프 알다울라 관련 시

1. “로마 왕들에게서 옷을 빼앗아 말안장에 깔고”*

▶ 작품 해제

337/948~9년 사이프 알다울라가 바르주와이흐 성채[1]를 점령하고 안티오크에 머물 때 알무타납비가 지은 칭송시로, 사이프 알다울라가 동로마 왕의 모습과 야생 동물이 그려진 비단 천막 아래에 앉아있는 모습을 보며 이 시를 지었다.

이 시는 까씨다의 전형적인 ‘옛 집터’와 ‘그리운 애인’ 모티프로 서두를 시작해서, 애인을 시인의 사모하는 임으로서 칭송 대상자인 사이프 알다울라로 치환할 준비를 한다(1~12행). 이어 시인은 애인과의 이별을

---

* ʿAbd al-Raḥmān al-Barqūqī, *Sharḥ Dīwān al-Mutanabbī*, vol.4, pp.43~61; Abū al-Baqāʾ al-ʿUkbarī, *Dīwān Abī al-Ṭayyīb al-Mutanabbī*, vol.3, pp.325~342.

1 저본의 ‘바르주와이흐(Barzuwayhi)’는 ‘바르주야흐(Barzūyah)’인 것으로 보인다.(옮긴이) 당대 사람들은 ‘바르자야흐(Barzayah)’로 불렀고, 현대 저술에서는 ‘부르제이(Bourzey)’라는 명칭을 사용하며, 현지 사람들은 ‘마르자[미르자] 성채(Qalʿah Marza [Mīrzā])’로 부른다. 주변이 와디로 둘러싸였고, 성채의 높이가 570 디라으(dhirāʿ. 1디라으=약 0.75m)에 달했다. 십자군의 수중에 있다가 584/1188~1189년 아이윱조의 살라딘이 점령한 적이 있다. 오늘날 시리아의 하마(Ḥamāh) 주(州)에 속해 있다. Yāqūt al-Ḥamawī, *Muʿjam al-Buldān*, vol.1, 1652-‘Barzūyah’; *The Encyclopaedia of Islam*, vol.1, ‘Barzūya’; http://ar.wikipedia.org/wiki(Wikipedia al-Mawsūʿah al-Ḥurrah) ‘Qalʿah Mīrzā’.

추억하고, 가버리는 청춘을 아쉬워하며 인생무상을 토로한다(13~17행). 시인은 우울한 마음을 달래며 사이프 알다울라가 쉬고 있는 천막에 그려진 그림을 감상한다. 그림에는 정원과 동물들이 있고 사이프 알다울라에 굴복해 두려움에 사로잡힌 동로마 왕들의 모습도 보인다(18~26행). 시인은 사이프 알다울라와 그의 용감한 군대가 밤낮을 가리지 않고 쉼 없이 동로마군을 공격해 괴롭히는 장면을 묘사한다(27~31행). 또한 사이프 알다울라야말로 알라의 뜻에 따라 이슬람 진영을 지키고 적을 무력화시키는 중대한 역할을 수행하는 숭고한 통치자임을 강조한다(37~42행). 한편, 알무타납비는 자신이야말로 그런 위대한 통치자를 온전히 묘사해 세상에 알릴 역량을 갖춘 진정한 시인임을 밝히며 자부심을 드러낸다(32~36행).

▶ 우리말 번역

1 두 친구여, 눈물짓는 나를 위로해주겠다는 너희의 약속은 옛 집터 같구나
지워진 집터는 슬픔을 더하는데 흐르는 눈물이 슬픔을 달래주네

2 나는 연모하고 있는데, 연심戀心을 지닌 이의 친한 두 벗 중
무례하기 이를 데 없는 자는 그런 이를 비난하는 자

3 사랑할 자격이 없는 자는 가식적인 사랑을 한다
사람은 자신과 부합符合하지 않은 자를 벗으로 삼지 않지[2]

---

2 '두 친구가 사랑으로 고민하는 시인의 심정을 제대로 헤아려 위로해주지 못한다'는 의미이다.

4 잃어버린 반지를 찾으려 멈춰 서서 흙속을 뒤지는 수전노마냥
내가 옛 집터에 멈춰 서지는 않건만 나는 그 집터 신세가 되었다

5 나는 침울해 있는데 내 사랑에 대해 책망하는 이들은
조련사가 길들지 않은 말을 멀리하듯 나를 멀리했다

6 사랑하는 여인이여, 일어나시오. 처음 당신을 본 순간 내 영혼은 파멸했소
가해자에겐 벌금이 부과되니 당신을 다시 보여주어 벌금을 충당하시오[3]

7 알라께서 그대에게 생기를 주시고, 내가 그대를 만나게 해주시길[4]
흰색 암낙타를 탄 여인들은 꽃이고, 그녀들의 규방閨房[5]은 꽃덮개이니

8 한밤중 낙타 가마를 타고 가는 그대 주위의 여인들은 달이 필요 없소
그대를 보는 자는 달이 없다고 생각하지 않으니

9 낙타들의 눈이 그대를 한번 곁눈으로 보면
힘없어 걷지 못하던 수컷 낙타도 활기를 되찾는다[6]

---

3 애인을 처음 보고 반해 넋을 잃은 시인이 그녀를 다시 보고 싶은 심정을 표현하고 있다.
4 【직】"알라께서 (꽃 같은) 그대에게 물을 주시고, 그대를 통해 우리가 인사를 나누도록 해 주시길" 아랍인들은 만날 때 꽃이나 방향(芳香) 식물을 서로 주고받으면서 인사를 나누는 관습이 있었다.
5 규방은 다음 행에 나오는 여인들이 탄 낙타 가마를 가리키는 것으로 보인다.(옮긴이)
6 '가축조차 아름다운 여인을 보고 생기를 되찾는다'는 의미로 과장된 표현이다. 또는 이 행에서 낙타는 '낙타를 탄 남자들'을 가리키는 것으로 볼 수도 있다.

10 사모하는 임을 미점美點이 사랑해 독차지했거나
사람들에게 장점을 분배하는 분께서 불공평하셨던 듯[7]

11 알캇뜨[8]산産 창들은 임이 포로로 잡히지 않게 지켜주고[9]
모든 유목 지역의 규수들이 그에게 포로로 잡혀온다

12 그에게 가려는 자에게 가장 가까운 휘장은 군마들의 먼지이고
가장 먼 휘장은 그를 위해 피운 나무 방향제의 연기이다[10]

13 내 눈은 내가 보았던 이별을 의아해하지 않을뿐더러
내 마음이 이미 알고 있는 바를 내게 알려주었다

14 내게 앙심을 품은 이들도 이별을 겪은 나를 헐뜯지 못하지
사경死境을 이미 맛보아 쓴 오이[11]도 달게 느끼는 나이기에

15 덧없는 청춘에 탄식하는 인간에게 젊음을 주시는 분이 곧 백발을 주시는 분
인간이 어찌 백발을 막겠는가? 청춘을 지은 분이 곧 허무는 분이시니

---

7 '사모하는 임 한 사람에게 모든 장점이 구비되어 있다'는 의미이다. 여기서 '임'은 표면적으로는 사랑하는 애인이지만, 내적으로는 사이프 알다울라를 암시하는 것으로 보인다. (옮긴이)

8 알캇뜨(al-Khaṭṭ) : 바레인과 오만의 해안 지역 마을들로, 인도로부터 이 지역으로 창을 들여와 창대를 곧게 만드는 작업을 거쳐 아랍인들에게 판매되었다. Yāqūt al-Ḥamawī, op. cit., vol.2, 4339-'al-Khaṭṭ'.

9 다른 해석 : "알캇뜨산 창들이 그를 포로로 잡으려 다다르지 못하고"

10 그에게 접근하기 어려움과, 그가 안락하게 지냄을 말한다.

11 쓴 오이 : 【직】"콜로신스 오이" 이 오이는 쓴 맛이 난다.

16 한평생은 소년기와 그 이후의 시절로 이루어지는데
그동안 얼굴 양쪽 뺨에는 검은색과 흰색이 찾아오지[12]

17 백발을 염색하면 보기 흉해서 사람들은 하지 않는다지만
그래도 허옇게 센 머리보다 새까만 머리가 낫기는 하지

18 청춘의 생기보다 좋은 것은 천막 안의 번개 치는 구름[13]
나는 비를 기다리며 번개를 바라본다[14]

19 천막의 천에는 구름이 수놓지 않은 정원들이 있는데
그곳 거목들의 가지에서 비둘기들은 노래하지 않는구나[15]

20 양면이 있는 천막 천의 가장자리에는 목걸이 세공인이
줄을 꿸 구멍을 내지 않은 백색 진주 목걸이가 있다[16]

21 들짐승들은 본디 서로 싸우고 죽이는 습성이 있지만
천막 그림 속 짐승들은 서로 평화롭게 지내고 있구나

22 바람이 천막의 천에 불어오면 천은 파도처럼 넘실거려

---

12 검은색과 흰색은 각각 청춘과 노년을 의미하는 흑발과 백발을 가리킨다.
13 '천막 안의 번개 치는 구름'은 천막에 머무르고 있는 사이프 알다울라의 은유이다.
14 '시인이 사이프 알다울라로부터 은사(恩賜)를 기대하고 있다'는 의미이다.
15 천막의 천에 그려진 정원과 비둘기에 대한 묘사이다.
16 '천막 천의 가장자리에 흰색 둥근 테가 그려져 있다'는 의미이다.

노마老馬들이 돌아다니는 듯하고, 사자獅子들이 먹잇감을 몰래 뒤쫓는
듯하다[17]

23 왕관을 쓴 로마 왕의 모습에는, 왕관 대신 터번을 쓰고[18]
양 눈썹 사이가 빛나는 분[19]에게 굴복하는 자세가 있다

24 그의 옷소매와 손가락 마디는 입맞춤하기엔 너무 크기에
로마 왕들은 그분이 앉은 양탄자에 입을 맞춘다[20]

25 뜸질로 병을 치료하듯 그가 모든 통치자들의 두 귀 사이에
불로 낙인을 찍으려 하자 그들은 복종하여 그의 앞에 일어나 선다

26 왕들은 두려워하며 칼 손잡이 끝에 몸을 의지해 서 있고,
그의 결단은 칼집에 든 칼보다 관통력이 있다

27 그에겐 군마와 맹금류의 두 군대가 있어
그가 이 군대로 적군을 공격하면 해골밖에 남지 않는다

28 그는 포악한 로마 왕들에게서 옷을 빼앗아 말안장에 깔고

17 '바람이 천막에 불어와 천막 천에 그려진 동물들이 움직이는 것처럼 보인다'는 의미이다.
18 왕관 대신 터번을 쓰고 : 【직】 "터번 외에 왕관이라곤 쓰지 않고"
19 사이프 알다울라.
20 '사이프 알다울라의 위상과 덕망이, 적국 왕이 감히 접근조차 할 수 없는 지고한 경지에 달했다'는 의미이다.

군마들로 하여금 무뢰한들의 입 언저리를 짓밟도록 한다

29 당신의 빈번한 아침 침공으로 아침빛이 진절머리를 쳤고,
당신이 밤을 곤경에 빠뜨려 밤의 어둠이 신물났다

30 당신이 적군의 창머리를 심하게 두들겨 창이 넌더리를 냈고,
당신이 방패로 적의 인도印度산 칼을 막아대 칼이 몸서리를 쳤다

31 독수리 떼 구름 아래로 군대 구름이 행군하는데,
위 구름이 물을 찾으면 아래 구름의 칼들이 물을 대 준다

32 튼튼한 다리를 가진 결의決意라는 말의 등에 올라[21]
나는 세월의 숱한 역경을 거쳐 마침내 그[22]를 만났다

33 늑대가 굶어 죽을 수 있고 까마귀도 날갯짓하여 지날 수 없는
거친 황야를 나는 지나왔다[23]

34 하늘의 보름달도 본 적 없는 보름달을 나는 보았고
수영하는 자도 본 적 없는 해안이 있는 바다와 나는 대화했다[24]

---

21 결의라는 말의 등에 올라 : 【직】 "결의의 등에 올라" 시인의 강한 결의를 튼튼한 말에 비유하고 있다.

22 사이프 알다울라.

23 【직】 "나는 험지(險地)를 지나왔다. 늑대도 그곳에서는 정신을 잃고 / 까마귀도 날개 깃털의 앞부분을 들어 나르지 못한다"

24 보름달은 사이프 알다울라의 고상한 기품과 활기를, 바다는 그의 넓은 지식과 관대한 성

35 그분의 품성을 제대로 묘사하는 이 없고, 어눌한 시인들이
그분에 대해 헛소리만 해댔다는 말을 듣고 나는 화가 났다

36 만일 내가 먼 지역을 향해 여행한다면
나는 어둠에 둘러싸인 채 한밤중 여행을 떠나련다[25]

37 영광은 사이프 알다울라를 검집에서 뽑아 세상에 알렸다
영광은 그를 검집에 감춰두지도, 그를 두들겨 무뎌지게 하지도 않는다[26]

38 칼의 끝은 고결하신 통치자[27]의 어깨에 놓여 있고[28]
칼의 손잡이는 천상天上의 지배자의 손에 들려있다[29]

39 적들은 그와 싸우고 나서 그의 노예가 되고
그들이 축적한 재물은 그의 전리품이 된다

40 적들은 세월을 강대하다고 여기지만 세월은 그의 아래에 있다

품을 의미한다.

25 【직】 "만일 내가 먼 지역을 향해 여행한다면 나는 밤중에 가는 자 / 나는 비밀이고 밤은 비밀을 함구(緘口)한다" '나는 칭송을 원하는 이를 위해 먼 길을 마다않고 한밤중에 두려움 없이 여행을 할 수 있을 만큼 대담한 시인'이라는 의미로 보인다.(옮긴이)

26 '사이프 알다울라는 영광과 숭고함을 위해 적과의 전쟁에 나선다'는 의미이다.

27 아랍어 원전의 해석에 따르면 '통치자'는 압바스조 칼리프 알나씨르 리딘 알라(al-Nāṣir li-Dīn Allāh, 1180~1225 재위)를 가리키지만, 실제로 알나씨르의 재위 기간은 사이프 알다울라의 재위 기간(945~967)과 맞지 않는다.(옮긴이)

28 '고결하신 통치자'를 '고귀한 왕국'으로 번역할 수도 있다.

29 '사이프 알다울라는 압바스조 칼리프를 위해 또는 대신해 적군과 싸우며, 알라의 도움으로 전쟁에서 승리를 거둔다'는 의미이다.

그들은 죽음을 거대하다고 여기지만 죽음은 그의 하인에 불과하다[30]

41 그의 이름을 알리[31]라고 지은 자는 공정하게 대한 자이고

그의 이름을 사이프[32]라고 지은 자는 그에게 부당하게 군 자이다[33]

42 모든 검의 날이 적군의 머리를 절단하지 않지만

그의 위업은 세월의 역경을 절단하기에[34]

---

30 '사이프 알다울라는 적군을 상대로 무엇이든 자신의 의도대로 행할 수 있음'을 의미한다.

31 '알리('Alī)'는 '고귀한, 숭고한'의 의미로, 사이프 알다울라의 본명이다.

32 '사이프(sayf)'는 '검(劍)'의 의미로, 별명인 '사이프 알다울라(국가의 검)'를 가리킨다.

33 '사이프'라는 이름이 적절하지 않은 이유는 다음 행에 나오고 있다.

34 전투에서 칼은 상대방을 공격할 때 빗나가기도 한다. 이에 반해 사이프 알다울라는 위험과 역경으로부터 자신의 백성을 지켜낸다. 그러므로 단지 '사이프(검)'라는 사물의 명칭을 따서 그의 별칭을 지은 것은 결례이다.

2. "칼부림의 전투에서 군마의 고삐가 죄어질 때"*

▶ 작품 해제

사이프 알다울라의 군대가 한겨울 추위로 동로마의 '카르샤나'[1]지역을 침공하기 어려운 가운데 전투에 임하는 상황에서 지어진 칭송시이다.[2]

알무타납비는 서두 부분을 자신에 관한 내용에 할애하여(1~15행), 자신의 깊은 연정과 전사로서의 용맹, 시인으로서의 뛰어난 역량에 대해 말한다. 욕정이 억제된 열애의 심리와 일에서의 결단력과 실천력, 전쟁에서의 대담성은 이 시의 목적이 겨울의 혹독한 추위를 참아내고 강인한 의지로 적과의 전쟁을 수행하도록 사이프 알다울라와 그의 군대를 독려하는 데 있음을 보여준다.

---

* 'Abd al-Raḥmān al-Barqūqī, *Sharḥ Dīwān al-Mutanabbī*, vol.1, pp.390~404; Abū al-Baqā' al-'Ukbarī, *Dīwān Abī al-Ṭayyib al-Mutanabbī*, vol.1, pp.268~280.

1 카르샤나(Kharshanah) : "로마 역내의 말라뜨야(Malaṭyah) 부근의 지역. 사이프 알다울라 이븐 함단이 이곳을 침공한 적이 있다. 알무타납비와 그 외의 시인들이 자신들의 시에서 이 지역을 언급했다." Yāqūt al-Ḥamawī, op. cit., vol.2, 4199-'Kharshanah'. 말라뜨야에 관해서는 이 책의 73쪽, 각주 23번 참조.

2 저본에는 이 시가 지어진 연도가 언급되지 않았지만, 339/950~951년에 쓰인 것으로 추정된다. 이 책의 3번 시 원문에는 사이프 알다울라의 카르샤나 침공을 이 연도로 기록하고 있다.

이어지는 나머지 시행은 사이프 알다울라와 그의 가문 함단조에 대한 칭송으로 채워져 있다(16~41행). 적과의 전쟁 수행을 사명으로 여기는 사이프 알다울라가 동로마를 상대로 끊임없이 침공과 전투를 수행하여 적에게 패배와 절망을 안기고 적지를 황폐화하는 모습이 그려진다. 또한 사이프 알다울라는 '알라의 칼이자 이슬람의 기치'(38행)임을 명시하여 그가 이슬람 지역과 무슬림들을 수호하는 임무를 수행하고 있음을 강조한다. 또한 함단조에 대한 칭송에서 시인은 그 가문의 조상들이 대대로 압바스조 이슬람 국가를 수호하는 역할을 수행해 왔음을 말한다(39~41행). 끝으로 알무타납비는 주군인 사이프 알다울라를 향한 존경과 연정을 보이면서, 자신은 다른 시인들과는 달리 냉철한 이성과 사고를 통해 시를 써서 주군에게 도움을 주겠다고 피력한다(42~44행).

▶ 우리말 번역

1 애교점 있는 여인을 나무라는 여자들이 나를 두고 질투하니
이는 가인佳人이 나처럼 고귀한 자와 동침할 기회를 얻었기 때문

2 그[3]는 탐할 수도 있지만 그녀의 옷에 손대지 않으며
잠결에 나타난 그녀의 환영을 보고도 욕정을 거역한다

3 오장육부에서 타오르는 연정의 불길을 언제나 식힐런가?

---

3 앞 행의 '고귀한 자'를 가리킨다.

사랑하는 여인에게 다가서다가 멀리 물러서는 그이기에[4]

4 너는 호젓이 여인과 있다가 추문이 날까 두려워하는데
수줍어하는 미녀들에 연정을 품는 것은 어찌 된 겐가?

5 만성이 된 쇠약증에 나는 친숙해지기에 이르렀고
내 의사醫師도 내 고질병도 내게 신물이 났구나

6 애인의 집을 지날 때 내 말이 울음소리를 내는 것은
말도 익히 알고 있는 장소라 안달이 나서인가?

7 내 흑마가 그 집터를 모를 리 없음은
그곳에서 여종들이 말에게 낙타 젖을 주었기 때문

8 내가 모종의 일을 꾸밀 때 밤이 그 실행을 막으려 하나
나는 밤이 일을 그르치지 않게 막으려 한다[5]

9 나는 각 도시의 동료들 가운데 독보적인 인물로,
목표가 원대한 자에게 조력자는 적게 마련

10 헤엄치듯 빠른 군마들이 전쟁의 역경 속에서 나를 도와주는 바,

---

4 사랑하는 여인을 향한 순애(純愛)의 심정을 그리고 있다.
5 '나[시인]는 계획을 갖고 실행하려 마음먹으면 반드시 해낸다'는 의미이다.

뛰어난 군마의 장점을 보여주는 증거들이 있지

11 칼부림의 전투에서 군마의 고삐가 죄어질 때
창과 더불어 유연한 말의 관절은 쇠 굴대[6] 같다

12 내 군마들의 둔부는 창에 맞는 것이 금지되고
가슴팍 위와 목 부분이 창에 맞는 것은 허용된다[7]

13 전쟁에서 나는 손에 인도印度 칼을 들고
용감한 자가 아니고선 살아서 나오지 못하는 죽음의 물가로 간다

14 하지만 칼싸움에서 심장이 단단히 손바닥을 받쳐주지 않는다면
팔이 손바닥을 받쳐주지 못한다[8]

15 벗이여,[9] 나는 한 명을 제외하곤 시인을 볼 수가 없다네
저들은 시를 쓴다고 우기지만 참된 시는 내게서 나온다네

16 이보게, 놀라지 말게. 칼들은 많지만
오늘 사이프 알다울라만이 유일한 칼이라네

---

6 재갈 안에서 돌아가는 쇠 굴대를 말한다.

7 '내 군마들은 전투에서 도망치는 일 없이 적과 정면 대결을 하므로 둔부가 아닌 앞부분에만 상처를 입는다'는 의미이다.

8 '전투에서 적과 싸울 때는 팔 힘만으로는 부족하며, 강한 마음을 지녀야한다'는 의미이다.

9 【직】"나의 두 벗이여"

17 그는 관대한 성품으로 전쟁에서 칼을 뽑고,

베풀고 용서하는 습관으로 칼을 집어넣는다

18 나는 사람들이 그의 위상 아래에 있음을 알고서,

운명이 각자에게 알맞은 몫을 주었음을 확신했다[10]

19 칼의 주인이 될 자격이 있는 자는 적의 목을 칼로 내려치는 자

전투에서 무사無事할 자격이 있는 자는 역경을 하찮게 여기는 자

20 알라의 영토 중 가장 딱한 곳은 당신의 공격을 받는 로마인 지역

그럼에도 그들 중 어느 누구도 당신의 용맹을 부인하지 않는다

21 당신이 적지를 공격했다가 그곳을 떠났건만

알파란자[11] 후방 지역의 로마인은 밤잠을 이루지 못한다

22 로마 지역은 채색된 사원처럼 붉게 물들여졌고,

그들은 엎드려 예배드리지 않건만 예배드리듯 쓰러져 있다

23 당신은 산山과 같은 군마에서 적군을 거꾸러뜨리고,[12]

예리한 창 같은 계략으로 그들을 공격한다

---

10 운명이 ~ 확신했다 : 【직】 "운명이 사람들을 면밀히 살펴본다는 것을 확신했다"

11 알파란자(al-Faranjah) : 동로마 영토의 한 마을.

12 다른 번역 : "당신은 군마와 같은 산에서 적군을 엎어진 채 내려오게 하고"

24 당신이 칼로 적군을 절단하자 그들은

뱀들이 땅속에 숨듯 깊은 동굴 안으로 숨었다

25 산꼭대기에 자리한 높은 성채들이 나타나고,

당신의 군마들은 성채들의 목에 목걸이가 되어 걸린다[13]

26 군마들은 알루깐[14] 전투에서 적군을 휩쓸었고,

힌지뜨[15]에서 포로들을 몰고 갔으며, 아미드[16]는 하얗게 되었다[17]

27 군마들이 알싸프싸프의 뒤를 이어 사부르[18]를 파멸시켜

두 성채의 주민들과 바위들은 죽음을 맛보았다

28 한밤중 계곡에서 군마들을 이끌고 간 용사가 있으니,

그는 알라를 섬기어 알라의 축복을 한몸에 받는 분[19]

---

13 '무슬림 기병 부대가 적의 성채들을 에워쌌다'는 의미이다.

14 알루깐(al-Luqān) : 아나톨리아의 동로마 영토의 초입 지역.

15 힌지뜨(Hinzīṭ) : 동로마 변경 지역 중 하나. Yāqūt al-Ḥamawī, op. cit., vol.5, 12753-'Hinzīṭ'.

16 아미드('Āmid) : 동로마와 인접한 변경 지역. 디야르 바크르(Diyār Bakr. 메소포타미아 북부 지역)에서 가장 크고 비중 있는 도시이다. 검은 석재로 지어진 견고한 도시로 오랜 역사를 지녔으며, 티그리스강이 초승달 형태로 이 도시를 에워싸고 있다. Ibid., vol.1, 40-''Āmid'.

17 아미드는 하얗게 되었다 : '아미드 지역에서 많은 젊은 여자들과 아이들을 생포했다'는 의미이다.

18 알싸프사프(al-Ṣafṣāf)와 사부르(Sābūr)는 동로마의 성채.

19 사이프 알다울라.

29 영토와 시간이 길어지기를 갈망하는 장정이 있으니,
주어진 시간과 행선지가 그에게는 비좁기만 하구나

30 그가 쉼 없이 적지를 침공하느라 그의 칼은
사이한강[20]이 얼 때가 아니면 적군의 목에서 떠나지 않는다

31 갈색 입술과 솟아 오른 젖가슴 덕에
칼날로부터 그가 보호해준 여인들만 살아남았다

32 로마군 대장들은 잡혀간 여인들로 한밤중 울어대건만
우리 수중의 포로 여인들은 방치된 채 하찮은 신세가 되었다

33 이처럼 사람들 간에 저마다의 운명이 정해져
한 무리의 재난은 다른 무리에게 이익이 되기도 한다

34 당신의 용맹함에 적군은 죽음을 당하면서도
당신이 베푸는 사람인마냥 당신을 좋아한다

35 당신이 흘리게 한 적군의 피는 당신을 자랑하고,
당신이 두렵게 한 적군의 심장은 당신을 찬양한다

---

20 사이한(Sayḥān)강 : 안티오크와 동로마 사이에 있는 큰 강.

36 모든 이가 용맹과 관대함의 길을 알고 있지만

천성적으로 타고난 사람만이 그 길을 따르게 마련

37 당신이 적군의 수명을 빼앗아 차지했기에

세상 사람들은 당신의 영원불멸함에 기뻐할 것

38 당신은 통치의 칼. 알라께서 그 칼로 적을 치신다

당신은 종교의 기치旗幟. 알라께서 그 기를 거신다

39 아부 알하이자 이븐 함단[21]의 아드님이시여, 당신이 곧 그분

부친과 훌륭한 자제분이 서로 닮았으니

40 함단은 함둔이고, 함둔은 하리스이며

하리스는 루끄만이고, 루끄만은 라쉬드이다[22]

41 그들은 칼리프를 위해 송곳니 같은 존재

다른 나라의 왕들은 사랑니에 지나지 않지[23]

---

21 아부 알하이자(전쟁의 주역) 압둘라 이븐 함단(Abū al-Hayjā' 'Abd al-Allāh ibn Ḥamdān) : 사이프 알다울라의 부친.

22 여기 나온 다섯 사람(Ḥamdān, Ḥamdūn, Ḥārith, Luqmān, Rāshid)은 사이프 알다울라의 조상들이다. '사이프 알다울라는 물론이고 대대로 그의 모든 조상들이 훌륭한 성품을 지녔음'을 의미한다.

23 '사이프 알다울라의 가문이 적으로부터 압바스조 칼리프를 수호하는 데 중요한 역할을 해왔다'는 의미이다.

42 시대의 태양이며 만월이시여, 저는 당신을 흠모합니다
비록 알코르와 페르카드 별[24]이 저를 힐난한다고 해도[25]

43 저의 흠모는 당신의 뛰어난 덕망 때문이지
당신에게서 풍족한 삶을 얻기 위해서가 아닙니다

44 잠시나마 이성적理性的으로 하는 사랑이 옳고
오랜 동안 무지無知한 채 하는 사랑은 잘못된 것[26]

---

24 알코르(Alcor)와 페르카드(Pherkad)는 각각 큰곰자리와 작은곰자리에 속하는 별이다.

25 '사이프 알다울라가 태양이나 달과 같은 지고한 존재라면, 다른 왕들은 눈에 잘 보이지 않는 보통 별과 같은 미미한 존재'라는 의미이다.

26 알무타납비는 지식이 부족한 다른 시인들과 달리 해박한 지식과 냉철한 이성을 갖추고 이를 활용해 시를 씀으로써 사이프 알다울라에게 도움을 줄 수 있는 탁월한 시인임을 말하고 있다.

3. "태양 위에 자리를 차지한 자이기에"*

▶ 작품 해제

339/950~1년 사이프 알다울라가 카르샤나 전투에서 거둔 승리를 찬양하는 시이다. 사이프 알다울라가 이끄는 군대가 동로마 지역을 침공해 적에게 치욕적인 패배를 안기는 장면을 생생하게 그려낸다. 무슬림 군대의 무자비한 공격으로 비참한 상황에 직면한 적군의 처량한 모습이 대비된다. 적 대장은 전투에서 도망치고 동로마 병사들은 포로로 잡혀 차꼬를 찬 신세에 놓인다. 한편 무슬림 병사들 중에도 전투에서 목숨 걸고 싸우기보다는 적의 포로가 되어 연명하려는 비겁한 자들이 있어 경멸과 조롱의 대상이 된다. 사이프 알다울라의 성품으로 전투에서의 가공할 위엄과 용맹, 침착함과 함께 자비로운 심성과 독창성이 부각된다. 한편 자존감이 강한 알무타납비는, 다른 시인들이 전쟁터에 가지 않고 시만 짓는 데 반해 자신은 사이프 알다울라를 수행해 전투에 참여하는 전사로서 주군과 왕조를 위해 헌신하는 진정한 시인임을 강조한다.

---

* 'Abd al-Raḥmān al-Barqūqī, *Sharḥ Dīwān al-Mutanabbī*, vol.2, pp.329~343; Abū al-Baqā' al-'Ukbarī, *Dīwān Abī al-Ṭayyib al-Mutanabbī*, vol.2, pp.221~234.

▶ 우리말 번역

1 나는 사람들에게 속아 넘어가지 않지
그들은 전투에서는 겁쟁이들, 말로만 용감한 자들

2 시련 속에 있지 않을 땐 용감한 자들이지만
막상 시련이 닥치면 그렇지 못한 자들

3 나의 영혼이 원치 않는 수치스러운
삶은 아예 의미도 없는 것

4 제 아무리 반듯한 코를 가졌어도 잘생긴 얼굴은 아니지
궁지가 꺾일 때면 그 자의 코도 꺾이게 되므로

5 내 어깨에서 영광을 떨쳐버린 채 영광을 구할 것인가?
내 칼집에 부유富裕를 내버려둔 채 부유를 구할 것인가?[1]

6 소중한 검劍으로 지속되길 바라나니
검은 모든 용사의 약藥이자 때로는 우환憂患이 되기에

7 기사騎士 중의 백미白眉[2]는 온몸이 피투성이로 도망가려는

---

1 적을 무력으로 제압해 영광과 재물 두 가지 모두를 획득하겠다는 시인의 의지를 나타내고 있다.

자신의 말을 두멧길에서 붙들어 세웠다

8 그러다 말이 달아나자 내버려두었고
성난 그였지만 마음속 불안도 없고 욕설을 입에 담지도 않는다

9 통치자들은 자신의 군대로 힘을 얻고
군대는 이븐 아비 알하이자[3] 덕에 힘을 얻는다

10 그가 이끄는 기병대 군마들은 입에 재갈을 문채
물 한 모금 마시고 달리는데 느린 걸음도 신속하다

11 적의 마을을 하나씩 점령해가는 그를 어느 곳도 막지 못한다
그는 많은 목숨을 빼앗아도 해갈 못하는 사신死神 같다[4]

12 드디어 그가 카르샤나 근방에 다다르자
로마인과 십자가와 교회들은 그에 의해 고통 받는다

13 그의 군대는 로마의 부녀자들을 잡아가고, 자식들을 죽이고,
그들의 재산을 빼앗으며, 곡물을 불사른다

---

2 사이프 알다울라.

3 사이프 알다울라. 그의 이름은 알리 이븐 아비 알하이자(Sayf al-Dawlah ʿAlī ibn Abī al-Hayjāʾ al-Ḥamdānī)이다.

4 그는 ~ 사신 같다 : 【직】 "그는 배부르지 못하고 해갈하지 못하는 죽음 같다"

14 점령된 로마의 영토 위에 그를 위해 설교대가 세워지고
거기서 무슬림들은 예배를 드린다

15 죽은 적들의 긴 시체 행렬은 맹금류의 식욕을 자극해,
심지어 살아있는 적들 위에 내려앉는 새들도 있다

16 만일 예수의 동행자들이 그[5]를 보았다면
그의 자애慈愛를 근거로 하는 계명을 만들었을 터[6]

17 적군 대장[7]은 자신의 눈을 나무랐다
흩어진 구름으로 알았는데 실은 덩이진 구름이었기에[8]

18 용맹스런 무슬림 군대에선 젖을 뗀 어린애가 장정壯丁이고
그가 탄 한 살 난 망아지는 성장한 준마.

19 알루깐[9] 지역의 먼지가 군마의 코에 날리는데

---

5 사이프 알다울라.

6 '로마 기독교인들도 사이프 알다울라의 정의로움과 자애심, 관대함의 인품에 감화하여 그의 휘하에 들어왔을 것'이라는 의미이다.

7 대장 : 시 원문에는 알두무스투끄(al-dumustuq). 그리스어 도메스티코스(domestikos), 라틴어 도메스티쿠스(domesticus 군 지휘관, 대장)의 아랍어 표기이다. 이 시행에서 알두무스투끄는 로마군 대장 바르다스 포카스(Domesticus Bardas Phocas)인 것으로 보인다. (옮긴이)

8 '로마군 대장이, 실은 엄청난 규모인 무슬림 군대를 그 수가 적은 것으로 착각했다'는 의미이다.

9 이 책의 43쪽, 각주 14번 참조.

군마의 목구멍에는 알리스[10]에서 마신 물의 촉촉함이 아직 남아있다[11]

20 군마가 로마군을 마주해 그들의 몸을 관통하는 듯한 것은
그들의 찔린 상처가 말이 들어갈 만큼 크기 때문

21 전쟁터가 흙먼지로 컴컴할 때,
창대는 초가 되고 창날 불빛은 군마의 시야를 밝힌다

22 여름의 더위가 오기 전에, 겨울의 추위가 오기 전에[12]
늘씬하고 빠른 군마들이 적군을 공격한다

23 이교도가 이교도의 도움을 청하면
갈빗대 사이를 갈라놓는 갈색 창이 그 사이를 가로막는다

24 도망친 로마군 대장[13]보다 붙잡혀 어깨가 결박된 병사들이
더 훌륭하며, 싸우다 죽은 자들이 더 용감하다

25 칼날로부터 살아남은 자조차 마음은 칼에 대한 공포로 가득 차,
목숨을 연명한 자도 살아남았다고 볼 수 없다

---

10 알리스('Ālis) : 동로마 지역 내 있는 강.

11 '군마가 알리스강에서 물을 마신 뒤의 물기가 알루깐에 도착해서도 목구멍에 남아있을 정도로 양 지역 간의 먼 거리를 빨리 달렸다'는 의미이다.

12 "화살보다 빠르게, 적들이 도망하기 전에"로도 해석이 가능하다.

13 로마군 대장 : 원문에는 '포카스의 아들(walad al-Fuqqās)'. 앞선 17행의 로마군 대장과 동일인인 것으로 보인다.(옮긴이)

26 도망꾼은 정신이 혼미한 채로 잠시나마 안전을 도모하고,
핏기 없는 안색을 바꾸려 술을 마셔대지만 창백함은 여전하다

27 얼마나 많은 로마군 지휘관의 목숨을,
경건하지 않은 관리자가 칼에 대해 보장해주었는가?[14]

28 로마군 포로가 걷고 싶을 때 그 관리자는 걷지 못하게 애쓰고
포로가 누우려 할 때 잠재우지 않으려 한다

29 죽음은 계속 서서 사이프 알다울라의 명을 기다리다가
그가 돌아오라 명하면 돌아와서 적들을 엄습한다

30 너희 대장에게 전하라. "네게 있는 무슬림 군사들은
지도자를 배반했기에 너희 마음대로 처분해도 좋다"고

31 너희는 그들[15]이 너희의 피 속에서 잠자고 있음을 알았건만[16]
그들의 마음은 너희 병사들의 시신을 보고 괴로워한 듯

32 적들[17]도 그런 연약한 자들을 거들떠보지 않아

---

14 '경건하지 않은 관리자'는 차꼬의 비유이다. 즉 '사이프 알다울라는 차꼬에 묶인 채 포로로 잡힌 적들을 언제든 원하면 칼로 죽일 수 있다'라는 의미이다. 차꼬를 포로들이 칼로 죽음을 당할 때까지 그들의 생명을 연장시켜주는, 그러면서도 포로에게 가혹하여 경건하지 않은 사람으로 비유한 것은 뛰어난 수사이다.

15 배신한 무슬림 군사들을 가리킨다.

16 '배반한 무슬림 군사들이 적의 시체 옆에 누워 죽은 체했다'는 의미이다.

그들은 적들에게 관심을 돌리지만 적들조차 외면했다[18]

33 너희는 잡힌 포로들이 마지막 숨을 갖고 있다고 생각하지 말라
하이에나는 죽은 짐승만 먹으니까[19]

34 적들이여, 계곡의 절벽으로 올라오라
무리 짓지 않고 홀로 다니는 사자獅子들[20]이 올라와 있으니

35 모든 군마[21]가 기병을 싣고 너희 대열을 뚫고 나가니
너희 중 그 칼의 일격을 받는 자가 받지 않는 자보다 더 많다

36 알라께서는 너희에게 그 군대[22]를 넘겨주셨다
우리 군대가 너희와 싸우러 돌아올 때 졸렬한 병사가 없게 하시려

37 오늘 이후로 너희에 대한 모든 침공은 그[23]를 위한 것으로
모든 용사가 사이프 알다울라의 휘하에서 복무한다

38 위인偉人들은 다른 사람의 행적을 따라 가지만

---

17 【직】 "손[手]들"
18 '배신한 무슬림들이 적의 환심을 사려 하지만 적도 그들을 무시한다'는 의미이다.
19 '배신한 무력한 무슬림 포로들을 잡은 적들도 비열한 자들'이라는 의미이다.
20 용맹스런 무슬림군의 비유이다.
21 무슬림군의 군마.
22 배반한 무슬림 군사들.
23 사이프 알다울라.

당신은 독창적이고 새로운 일을 시도한다

39 다른 이들[24]이 무력했다고 해서 용감한 전사인
당신의 명예에 손상이 되는 것일까?

40 태양 위에 자리를 차지한 자이기에
어느 것도 그를 높일 수도 내려놓을 수도 없다[25]

41 부하들과 추종자들이 그를 적에게 내버려두었지만,[26]
그는 적 기병대 후위를 연이어 공격해 자신을 지켜냈다

42 왕들이 시인들의 능력에 맞춰 상금을 주면 좋을 텐데
그러면 저열한 시인이 상 받을 욕심을 갖지 않을 것[27]

43 당신[28]은 만족해했지만, 그들은 당신이 전쟁터에 있을 때 보고만 있었고
당신이 적의 투구[29]를 소리 나게 쳐댈 때 듣고만 있었다[30]

---

24 전쟁에서 무력하고 유약함을 보였던 무슬림 군사들.
25 '사이프 알다울라의 위상이 워낙 높아서 웬만한 전쟁에서의 승패가 그의 위상을 변화시키지 못한다'는 의미이다.
26 '전쟁에서 일부 무기력한 부하들은 사이프 알다울라를 돕지 않았다'는 의미이다.
27 이 행에서 알무타납비는 자신의 시 역량에 대한 큰 자부심을 나타낸다. 그는 다른 시인들과 자신을 동등하게 평가하지 말아줄 것을 왕에게 요구한다.
28 사이프 알다울라.
29 또는 '칼날'.
30 알무타납비 자신은 다른 시인들과는 달리 사이프 알다울라를 수행해 직접 전쟁에 참여했

44 당신에게 진실 아닌 것으로 도움을 준 자[31]는
결국 당신 앞에서 처신할 때 당신을 속인 것

45 운명은 당신에게 사죄하고[32] 칼은 기다린다[33]
그들의 땅은 당신이 여름과 봄에 머무는 휴양지가 될 것

46 산이 기독교도를 막아주지는 못할 것
설령 젊은 산양이 기독교도가 되어 산에 은신하더라도

47 나는 전쟁터에서 당신의 용맹함을 확인하고 나서야 당신을 칭송했다
싸우던 용감한 적군이 당신을 피해 도망쳤으니

48 어리석은 자가 용감한 자로 잘못 여겨지기도 하고,
분노로 치를 떠는 용감한 자가 겁쟁이로 여겨지기도 한다

49 무기를 든 사람이라고 모두 용사가 아니고
발톱을 가진 짐승이라고 모두 맹수가 아니다

음을 암시한다.

31 다른 시인들을 가리킨다.

32 일전에 연약한 무슬림들의 비열한 배신행위로 인해 로마군이 승리했던 것을 가리킨다.

33 '칼은 당신이 다시 적을 공격하기를 기다린다'라는 의미이다.

4. "우리는 칼과 창을 갑옷 삼아 죽음을 차단하고"*

▶ 작품 해제

340/951~2년 사이프 알다울라는 동로마군과 일전一戰을 벌이기로 결의했다가 적군의 숫자가 엄청나다는 소식을 듣고 출전을 중지했다. 그의 군대는 적군의 큰 규모에 놀라 두려움에 사로잡혔다. 이 상황에서 전투를 감행하려는 사이프 알다울라의 의중을 파악한 알무타납비는 군대 앞에서 병사들의 전투 참가를 독려하고 사기를 높이기 위해 이 시를 낭송했다.

이 시는 무슬림 병사들이 심리적으로 위축되어 적과의 싸움을 주저하는 긴박하고 불안한 상황에서 지어진 만큼 시행의 분량이 적지만, 병사들에게 용기를 불어넣으려는 의도가 압축적으로 나타나 있다. 무엇보다 이 시의 목적은 죽음의 공포에 휩싸인 병사들의 불안감을 덜어주는 데 있다. 이에 알무타납비는 병사들에게 전력을 다해 적을 격퇴해 승리함으로써 죽음을 막을 수 있음을 알려준다. 그는 비장한 각오로 싸워 죽음을

* ʿAbd al-Raḥmān al-Barqūqī, *Sharḥ Dīwān al-Mutanabbī*, vol.4, pp.299~302; Abū al-Baqāʾ al-ʿUkbarī, *Dīwān Abī al-Ṭayyib al-Mutanabbī*, vol.4, pp.165~169.

극복하자고 말하면서, '애인을 만나러 가듯' 전쟁터로 가자며 위급한 상황에서도 병사들의 긴장감을 풀어주는 기지를 발휘한다. 또한 아군 병사들에게 두려움은 마음먹기에 달려있어 공포의 허상을 의지로 극복할 수 있다고 외치며 주저 말고 전투에 나설 것을 책려한다.

▶ **우리말 번역**

1 우리는 마음이 내키지 않는 거주지가 있는 지역을 방문하면서
그곳 주민이 아닌 사람에게 허락을 구한다[1]

2 우리는 목표를 이루게 해주는 군마를 몰고 그곳으로 가고
용감한 기병들은 군마를 칭찬해마지 않는다[2]

3 우리는 아부 알하산의 쿤야를 지닌 분께 충정忠情을 드리고,
하느님으로 불리시되 쿤야가 없으신 분께[3] 기쁨을 드린다[4]

4 불쌍한 로마군은, 우리가 그들의 영토를 뒤에 남겨 놓고 떠나가면
반드시 그곳으로 되돌아온다는 것을 알았다[5]

---

1 '그곳 주민이 아닌 사람'은 사이프 알다울라를 가리킨다. 이 행은 '사이프 알다울라의 군대가 적 진영의 의사에 상관없이 적지에 들어가 공격한다'는 의미이다.

2 '무슬림 기병들이 자신들의 말을 타고 많은 승전을 거두었기에 말을 칭찬한다'는 의미이다.

3 쿤야(kunyah)는 아랍 사회에서 장자나 장녀의 이름을 붙여서 '~의 아버지', '~의 어머니'로 부르는 방식이다.(옮긴이) 이 시행에서 '아부 알하산(알하산의 아버지)'은 사이프 알다울라의 쿤야이다. 이슬람에서는 알라(하느님)의 유일성에 비추어 쿤야를 붙일 수 없다.

4 '이슬람 군대가 사이프 알다울라를 향한 충정에서, 또한 알라를 기쁘게 하기 위해 적에 맞서 성전을 수행한다'는 의미이다.

5 전쟁에서 죽음이 버젓이 모습을 드러내면
우리는 칼과 창을 갑옷 삼아 죽음을 차단하고 목적을 이루려 한다[6]

6 우리는, 애인을 만나러 가는 사람처럼 죽음을 향해 가면서
칼들에게 "우리와 하나가 되어 싸우자"[7]라고 말했다

7 적의 군마가 여기저기서 우리 주위에 첩첩이 모여들었고
우리는 적의 군마에 창날을 쑤셔 넣었다

8 적의 군마는 채찍을 맞으며 멋모르고 우리에게 왔다가[8]
잘못 왔음을 알고 나자 다시 채찍을 맞으며 우리에게서 달아났다

9 당신[9]은 마을들을 지나 우리를 적군에게 닿을 듯 데려다 주시오[10]
우리가 경쟁하듯 싸워 당신이[11] 갈망하는 승리를 얻을 터이니

10 적군의 피는 알루깐의 대지 위에서 이미 식었고,
우리는 차가워진 피에 뒤이어 뜨거운 피가 흐르게 하는 자들[12]

---

5 '이슬람 군대가 로마의 영토를 끊임없이 공격한다'는 의미이다.

6 【직】"전쟁에서 죽음이 모습을 드러내면 / 우리는 (칼로) 베고 (창으로) 찌르는 것을 (갑옷 삼아) 걸치고 목적을 이루려 한다"

7 【직】"우리와 함께 하라", 또는 "우리에게 합류하라"

8 '적 기병대가 사이프 알다울라의 군대를 로마군으로 착각하여 안심하고 왔다'는 의미이다.

9 사이프 알다울라.

10 우리를 ~ 데려다 주시오 : 【직】"우리가 (물건을 가까이서) 만지듯이 적군을 만지게 해주시오"

11 【직】"당신의 오른손이"

11 당신이 적군을 절단하는 '일국一國의 칼'[13]이라면
우리는 칼 앞에 나서서 공격하는 탄력 있는 창[14]

12 우리는 당신을 돕는 데 부족하지 않은 자들이지만
당신 혼자서도 충분하다면 굳이 우리가 없어도 될 것

13 당신을 보좌함으로써 고귀함을 원하는 자,
비루하게 살지 않겠다고 말한 자가 당신을 죽음에서 지킬 것[15]

14 당신이 없다면 적의 피는 흐르지 않고 하사금도 없을 것이며
세상과 세상 사람들에게는 삶의 의미가 없을 것

15 공포심이란 청년이 두려워하는 데서 생기는 것에 불과하고
안도감은 청년이 안심하는 데서 생기는 것에 불과할 뿐

---

12 '사이프 알다울라의 군대가 로마군에게 쉴 틈을 주지 않고 공격해 피해를 입힌다'는 의미이다.

13 이름 '사이프 알다울라'의 의미는 '국가의 칼'이다.

14 동로마군의 요새 안에 적군 4만 명이 있다는 소식을 접하자 사이프 알다울라의 병사들은 두려움에 사로잡혀 적군과 싸울 엄두를 내지 못했다. 그때 알무타납비가 이 시를 짓기 시작해 이 시행까지 낭송했을 때 사이프 알다울라가 주위의 병사들을 가리키며 이 시행을 병사들에게 들려주어 그들이 외치게 하라고 명했다. 그렇게 해서 병사들이 용기를 내어 적진으로 가서 싸우도록 격려했다.

15 '시인 자신이 사이프 알다울라 곁에 머무르며 그를 지키고 통치자로서의 위상을 한껏 높여 돕겠다'는 의미이다.

5. “광풍狂風도 성 꼭대기에 이르지 못할까 두려워 피해 가고”*

▶ 작품 해제

341/952년 사이프 알다울라가 동로마군을 막기 위해 마르아쉬[1] 성을 세운 것을 기념해 지은 시이다. 이 시는 까씨다의 전통적 양식대로 서두를 옛 집터와 옛 애인 회상 모티프로 시작하고, 이어 나머지 부분에서는 사이프 알다울라에 대한 칭송과 그가 난공불락의 마르아쉬 성채를 세운 위업을 찬양한다. 인간 삶의 무상에 대해 성찰하는 서두에 이은 사이프 알다울라 칭송에서는 그의 용맹함과 무력에 의한 영광 성취 등 군사적 역량 외에 뛰어난 지식을 겸비했음을 들어 문무에 능한 통치자임을 드러낸다. 또한 사이프 알다울라의 군대에 패해 도주하는 동로마군 대장의 모습을 그려 적을 조롱하는 한편, 아군의 사기를 높인다. 하늘을 찌를 듯

---

* ʻAbd al-Raḥmān al-Barqūqī, *Sharḥ Dīwān al-Mutanabbī*, vol.1, pp.182~195; Abū al-Baqāʾ al-ʻUkbarī, *Dīwān Abī al-Ṭayyib al-Mutanabbī*, vol.1, pp.56~69.

1 마르아쉬(Marʻash) : 아나톨리아 남부의 토로스(Taurus)산맥 지역에 있으며, 시리아 지역과 동로마 사이의 변경에 위치한 도시. *The Encyclopaedia of Islam*, vol.6, ‘Marʻash’; Yāqūt al-Ḥamawī, op. cit., vol.5, 11135-‘Marʻash’.

높은 마르아쉬 성채를 세운 사이프 알다울라의 불가사의한 능력을 찬양하고 끊임없이 로마군을 상대로 전쟁을 수행하는 사이프 알다울라야말로 압바스조 칼리프가 인정하는 진정한 이슬람 진영의 군주임을 밝힌다.

▶ **우리말 번역**

1 집터여, 우리는 너를 알아보았건만[2] 너는 우리에게 근심을 더해주는구나
태양의 동쪽이자 서쪽과 같았던 너[3]

2 우리는 어떻게 알아보았는가? 흔적을 알아볼 정신과 마음을
우리에게 내버려두지 않은 이의 집터를

3 우리는 낙타 안장에서 내려 걸어갔다
타고 가다 내려도 될 만한 이에게 경의를 표하려

4 우리는 비구름[4]이 집터에 한 짓을 생각하며 구름을 탓하고
구름이 나타날 때마다 구름을 나무라며 외면한다[5]

5 이 세상과 오래 동행한 사람이라면 그의 눈에 세상은 굴곡져서

---

2 【직】 "우리는 너를 구해주었건만" '오랜 시간이 지나 자취가 희미한, 옛 애인이 머물던 집터를 알아보았다'는 의미이다.

3 태양의 ~ 같았던 너 : '매일 태양이 나타났다가 사라지는 동편과 서편처럼 옛 애인이 그 집에서 출입하며 지냈다'는 의미이다.

4 【직】 "흰 구름"

5 비구름이 많은 비를 내려 애인의 집터를 지우거나 형태를 바꾼 것을 말한다.

결국 세상의 진실이 거짓임을 보게 된다

6 어찌 해야 내가 늦은 오후와 아침을 맛볼 수 있겠는가?
이전에 불었던 그 미풍이 이제는 없다면[6]

7 옛 집터에서 나는 내가 갖지 못한 듯한 연애 시절을,
내가 껑충 뛰어 건넌 듯한 지난 삶을 회상했다

8 또한 회상했다. 눈이 매력적이고 사로잡을 듯한 욕정을 가졌고,
노인에게 풍기면 회춘시킬 향기를 지닌 여인을

9 당신이 걸친 진주 목걸이 같은 피부를 갖고 있는 여인
나는 그녀 이전에 유성流星으로 치장한 보름달을 보지 못했다

10 그리움은 남아있는데 누가 이별을 막아줄까
눈물은 흐르는데 심장이여, 너는 아직도 연모하는구나[7]

11 사이를 갈라놓는 이별이 나와 그녀에게 장난질하여
도마뱀이 방황하듯 내가 갈 길을 잃고 방황하게 만들었다

---

6 '젊은 시절 애인의 향취와 연애 시절의 감정은 더 이상 느낄 수 없게 되었다'는 의미이다.

7 【직】"그리움이여 너는 여전히 남아있구나. 이보시오, 이별을 막아주게나 / 눈물이여, 너는 하염없이 흐르는구나. 심장이여, 너는 아직도 연모하고 있구나"

12 조상이 맹수인 사자 같고

밤낮으로 사냥해 먹잇감을 강탈하는 분은 누구시던가?

13 나는 숭고한 목표에 도달한 후에는 신경 쓰지 않을 것

내가 얻은 재화가 유산이든 일해서 번 것이든

14 청년은 스스로 영광을 차지할 길을 터득할 수 있다

사이프 알다울라가 스스로 검술을[8] 터득했듯이

15 위기에서 나라가 그의 도움을 청하면 그는 도왔으니

그는 적에 맞선 칼이고 손바닥이고 강심장强心臟이었다

16 쇠로 만든 인도산 검劍도 무서운데

하물며 아랍의 니자르 부족[9]산 칼[10]은 어떠할까?

17 사자는 혼자 있어도 그 송곳니가 두려운데

하물며 사자에게 동료들이 있다면 어떠할까?

18 바다에서 솟구치는 파도도 무서운데

하물며 거세게 물결칠 때 온 나라를 뒤덮는 분은 어떠할까?

---

8 【직】 "칼로 찌르고 베는 것을"

9 니자르(Nizār) 부족 : 사이프 알다울라의 부족.

10 '아랍의 니자르 부족산 칼'은 사이프 알다울라를 가리킨다.

19 여러 종교와 언어의 비밀을 알고 계신 그분은
학자들과 백가서百家書를 무색케 하는 식견을 지니고 있다

20 당신은 우리 피부에 능라綾羅와 자수刺繡천, 예멘 옷옷을
자라게 하는 비가 되는 축복을 받으시길![11]

21 당신은 넉넉히 베푸는 분이 되고, 군마를 몰아대며
적의 갑옷을 내리치고 적의 창자를 흩트리는 분이 되는 축복을 받으시길!

22 당신의 현명한 판단이 변경 지역 주민들에게 기쁨이 되기를!
당신은 알라를 믿는 자로서 그곳 주민들의 조력자가 되었다[12]

23 당신은 그곳에서 운명을 두렵게 했고 재난을 막았다
만일 운명이 내 말을 의심한다면 그 지역에 재난이 일어나도 될 것[13]

24 하루는 당신이 기병대를 이끌고 로마군을 주민들에게서 쫓아내고,
하루는 당신이 관대함을 베풀어 가난과 가뭄을 몰아낸다

25 당신의 군대는 연이어 공격하고, 로마군 대장[14]은 도주하며

---

11 '하늘이 내리는 비를 맞고 자라는 화초처럼, 우리도 신의 축복을 받은 당신의 은총 덕에 풍요로운 삶을 누리게 될 것이다'라는 의미이다.

12 '사이프 알다울라가 로마와 인접한 변경 지역의 무슬림 주민들을 안전하게 해주었다'는 의미이다.

13 '사이프 알다울라가 지켜줌으로써 변경 지역의 무슬림들이 전쟁의 재난을 겪지 않을 것'이라는 의미이다.

그의 군사는 전멸하고, 재물은 약탈당했다

26 그는 먼 거리를 가깝다 여겨 마르아쉬성으로 왔다가,
당신이 오자 가까운 거리를 멀다 여기며 도주했다

27 창을 싫어하는 자는 이렇게 적군과 겨루지 않고 도망치는데
그가 돌아오면서 얻은 전리품은 두려움뿐[15]

28 그[16]는 알루깐에 머물면서
아군의 창날과 튼튼하고 날렵한 군마들을 막아냈는가?

29 잠잘 때 위아래 속눈썹이 서로 부딪히듯이,
창들이 한동안 겨룬 다음 그는 패퇴했다

30 하지만 그는 도주했고 그의 부하들은 칼부림을 당했는데
그는 그 일을 기억하면서 자신의 옆구리를 만져 보았다[17]

31 그는 처녀들과 군 지휘관들과 기독교 수도사들을
또한 왕족과 십자가들을 내버려둔 채 패주했다

---

14 원문에는 '알두무스투끄'.

15 '로마군 대장이 사이프 알다울라와의 전투에서 패주하면서 두려움에 사로잡혔다'는 의미이다.

16 로마군 대장.

17 '자신이 칼에 찔리지 않았는지 자기 몸을 만졌다'는 의미이다.

32 나는 우리 모두가 저마다의 삶을 원하고,
소망하며, 갈구하고, 연모한다고 생각한다

33 겁쟁이는 자신을 사랑하여 전쟁에 나가지 않았고
용감한 자는 자신을 사랑하여 전쟁에 나갔다

34 두 사람이 하는 행동은 한가지인데 각자 얻은 결과는 달라져
한 사람은 잘되고 다른 한 사람은 잘못된다

35 성채[18]는 공중에 지어져 성벽 위가 땅으로 향해 있는 듯하고,
위로는 별들을 꿰뚫고 아래로는 대지를 쪼갰다

36 광풍狂風도 성 꼭대기에 이르지 못할까 두려워 피해 가고,
새들도 그 정상에서 먹이 찾기를 꺼린다

37 당신의 군마들은 성채가 있는 산에서 힘차게 달리는데
산길에는 차디찬 바람을 실은 구름이 목화 같은 눈雪을 내렸다

38 그분이 마르아쉬 성채를 세웠다는 데에 사람들이
감탄하는 것이 의아하고, 그들의 그런 사고思考도 욕먹을 짓

18 마르아쉬 성채를 가리킨다.

39 그분이 남들처럼 걱정하고 난제를 어렵다 여긴다면
그분이 다른 이들과 구분되는 차이가 있다고 말할 수 있을까?

40 그의 역량을 보고 칼리프는 적군에 맞서 그를 내세웠고
그에게 '예리한 칼'이라는 별칭을 주었다

41 적의 창날은 그에 대한 애정으로 그와 헤어지지 않았고,
적군은 그를 사랑해 샴 지역을 떠나지 않았다[19]

42 그러나 그는 품격 없는 적의 창날을 추방했다
칭송받아 마땅한 그는 험담하지 않으며, 아무도 그에 대해 험담하지 않는다

43 태산泰山을 지나는 그의 대군은 또 하나의 태산이 되고[20]
여린 나뭇가지에 부딪치는 강풍 같다

44 밤하늘의 별들도 군대의 공격을 두려워하는 듯,
군대가 일으킨 먼지의 덮개를 써서 보이지 않는다

45 인색한 자들과 불신자들을 만족시키는 통치자라면
관대한 이들과 알라를 만족시킬 것

---

19 '처음에 적군은 시리아 지역에서 사이프 알다울라의 군대와 맞섰지만 결국 그에게서 겁을 먹고 그곳에서 물러났다'는 의미이다.

20 군사의 수가 많음을 의미한다.

6. "말 위에 서있는 창槍은 전갈이 쳐든 꼬리 같고"*

▶ 작품 해제

342/953~4년 지어진 사이프 알다울라 칭송시이다. 사이프 알다울라가 로마의 변경 지역을 공격해 무슬림 주민들의 지역을 적으로부터 지켜준 것, 그리고 유프라테스강 부근에서 로마군과 전투를 벌여 로마군 대장의 아들 꾸스딴띤Qusṭanṭīn ibn al-Dumustuq, 콘스탄틴(Constantine)을 포로로 잡은 일[1]을 말하고 있다.

서두에서 시인은 지난날 애인과의 이별 장면을 추억하며 슬픔에 잠긴다. 이어 그러한 우울함은 사이프 알다울라의 적에 대한 응징으로 사라지고 시인은 힘을 얻는다. 사이프 알다울라의 결단력과 그를 따르는 그

* ʿAbd al-Raḥmān al-Barqūqī, *Sharḥ Dīwān al-Mutanabbī*, vol.3, pp.217~231; Abū al-Baqāʾ al-ʿUkbarī, *Dīwān Abī al-Ṭayyib al-Mutanabbī*, vol.3, pp.95~111.

1 당시 사이프 알다울라가 상대한 로마군 대장은 바르다스 포카스(Domesticus Bardas Phocas)였고, 그에게는 가공할 전략가인 세 명의 아들 니키포로스(Nicephorus), 레오(Leo), 콘스탄틴(Constantine)이 있었다. "953년 여름 사이프 알다울라는 하다스(Ḥadath) 부근에서 소규모 기병대를 이끌고 도메스티쿠스[로마군 대장 바르다스 포카스]의 군대를 격파했다. 도메스티쿠스는 부상을 입었고 그의 아들 중 한 명은 포로가 되어 알레포에서 사망했다." *The Encyclopaedia of Islam*, vol.9, 'Sayf al-Dawla'.

의 군대의 활기찬 모습이 다양한 장면으로 그려진다. 아군 기병대의 강인하고 용감무쌍한 모습과는 대조적으로 유혈 참상을 겪는 로마 지역 사람들의 모습과 아군의 공격으로 폐허가 되는 적 지역의 마을과 성채가 그려진다. 특히 로마군 대장의 아들이 포로로 잡혀 차꼬를 차고 있고(44행), 그런 아들을 내버려둔 채 도망친 비정한 아버지이자 겁쟁이인 로마군 대장을 조롱한다(45~50행). 사이프 알다울라는 '국가의 검'이라는 별명에 걸맞은 인물로, 직접 전투에 참여해 적을 격퇴하는 일을 천직이자 사명으로 여기는 통치자이다. 이 같은 칭송과 더불어 알무타납비는 자신이 다른 시인들과 비교될 수 없는 창의력을 지니고 있기에, 그들로부터 시기를 받지만 인내하고 있다고 사이프 알다울라에게 답답한 심정을 토로한다(55~59행).

▶ **우리말 번역**

1 사랑하는 이들[2]이 떠나간 뒤 나의 밤은 늘 길기만 하네
연인들의 밤은 길게 마련

2 밤은 내가 원치 않는 만월滿月을 내게 보여주고,
내가 이를 길 없는 만월[3]은 감춘다

3 사랑하는 이들이 떠난 뒤 나는 잊으며 지낸 적이 없건만

---

2 '사랑하는 이들'은 애인을 포함한 그녀의 가족을 가리킨다.
3 '내가 이를 길 없는 만월'은 떠나간 애인을 의미한다.

나는 역경을 참으며 견뎌낸다

4 그들의 떠남은 우리 사이를 갈라놓았는데,
떠남 뒤에 오는 죽음은 또 다른 떠남이지[4]

5 동풍東風의 향내가 나를 당신들에게 다가가게 해준다면,
정원의 향기와 동풍은 나를 떠나지 않기를[5]

6 나의 목구멍에서 물이 잘 삼켜지지 않음은,
떠나간 애인의 가족이 머문 곳의 물을 생각하기 때문

7 그들이 머문 물가에는 물을 지키는 창槍날들의 빛으로
목마른 자도 그곳에 이를 수가 없구나[6]

8 밤하늘에 떠다니는 별자리들 중에는
새벽 여명으로 나의 눈을 인도해주는 별은 없는가?[7]

9 내가 본 것처럼 이 밤도 그대의 두 눈을 본다면
어찌 몸이 야위고 마르지 않겠는가?[8]

---

4 '애인이 떠난 뒤 그 고통으로 살아가기 어렵게 되었다'는 의미이다. 또는 '애인과의 이별로 시인이 죽음에 이르게 되면 그녀와 더 멀어지게 된다'는 의미이다.

5 '동풍이 몰고 오는 향기가 지난 날 애인과의 즐거웠던 일들을 추억하게 하므로 시인은 계속 정원에서 그 향기를 맡고 싶다'는 의미이다.

6 그 누구도 감히 다가갈 수 없을 정도로 애인과 그녀 가족의 위상이 높음을 말한다.

7 이별의 고통으로 길게 느껴지는 밤의 어둠에서 벗어나고자 하는 심정을 나타낸다.

10 내가 다릅 알꿀라[9]에서 맞은 새벽은
나의 근심을 치유해주었고 밤은 죽음을 당했다[10]

11 내가 맞이한 새벽의 청명함은 그대가 보낸 징표 같고,
태양은 그대가 보낸 전령傳令 같구나

12 사이프 알다울라 이전에 연모하는 자[11]는 복수한 적이 없고,
어두운 밤을 상대로 복수가 이루어진 적도 없다[12]

13 하지만 그는, 이상하게 보이지만 결국 찬탄과
경의를 이끌어낼 이적異蹟들을 모두 행한다

14 그는 적군을 향해 준마[13]를 타고 적지의 통로를 공격했고,
적은 이전에는 말이 화살보다 빠름을 알지 못했다

15 말 위에 서있는 창槍은 전갈이 쳐든 꼬리 같고
그 창에서는 말의 활기와 힘찬 울음이 나온다

---

8 고통스런 밤이 서둘러 시인의 시야에서 사라졌으면 하는 마음을 나타낸다.

9 다릅 알꿀라(Darb al-Qullah) : 유프라테스강 너머에 있는 지역. “동로마 영토에 속한 지역으로 생각되며, 알무타납비가 시에서 이곳을 언급했다.” Yāqūt al-Ḥamawī, op. cit., vol.2, 4747-‘Darb al-Qullah’.

10 ‘새벽 여명이 밤의 어둠을 완전히 몰아냈음’을 의미한다.

11 ‘연모하는 자’는 시인 자신을 가리킨다.

12 ‘아침 햇빛이 긴 밤의 어둠을 물리치듯, 사이프 알다울라가 적을 격퇴하여 시인의 울분과 고통을 해소시켜주었다’는 의미이다.

13 【직】“털이 짧은 말(al-jurd)” 털이 짧은 말은 속도가 빠른 말을 의미한다.

16 그 공격은 하란[14]에서 문득 떠오른 그의 발상이었고,
이에 창과 칼이 곧바로 응수했다

17 마음먹으면 대군을 동원해 실행하는 열의에 찬 군왕
그의 병사들이 내딛는 죽음의 발걸음은 적군에게 무겁기만 하다

18 그의 군마들은 여러 적지를 뛰어다니느라 야위었지만
밤중에 한 곳에 당도하면 반나절도 그곳에 머무르지 않는다[15]

19 그가 달룩[16]과 싼자[17]에서 철군할 무렵
고산준령 위에 아군의 군기軍旗와 군마들이 올라가 있었다

20 군마들은 아래 길들이 내려다보이고 산꼭대기에 있는
전인미답前人未踏의 산길을 타고 갔다

21 멋모르고 있다가 기병대의 공격을 받고서야 알아챈
적에게 우리 군마가 흉측스럽겠지만 원래 모습은 잘생겼지

---

14 하란(Ḥarrān) : 오늘날 터키 동남부의 고대 도시.(옮긴이)
15 '밤중에 한곳에 도착한 군마가 낮 시간 동안 충분한 휴식을 갖지 않고, 곧바로 다른 적지로 달려간다'는 의미이다.
16 달룩(Dalūk, 둘룩, Dulūk) : 유프라테스강 너머 지역. "둘룩은 알레포 지역 내 작은 도시이다. 아부 피라스 이븐 함단이 이곳에서 동로마군과 전투를 벌인 적이 있다." Ibid., vol.2, 4850-'Dulūk'.
17 싼자(Ṣanjah) : 유프라테스강 상류의 작은 지류. *The Encyclopaedia of Islam*, vol.9, 'Sandja'.

22 구름떼 같은 기병들이 쇠로 된 비를 적군에게 퍼붓자
칼부림 당한 적의 피로 땅의 곳곳이 씻겼다[18]

23 포로로 잡힌 적군 여인들이 아르까[19]에서 옷을 찢으며 통곡하는데[20]
그 찢긴 옷은 마치 꼬리처럼 땅에 늘어져 있다

24 아군이 돌아서자 마우자르[21]의 적군은 회군回軍으로 착각했다
그것은 적지를 내습來襲하기 위한 것이었건만

25 우리 군마는 적군이 흘린 피에 뛰어들었고 이는
앞으로 있을[22] 모든 유혈전에 임할 수 있음을 보증하는 듯

26 우리 군마가 지나는 곳마다 불길이 따라다녀
적 편 사람들이 쓰러져 죽고 집들은 폐허가 된다

27 아군 군마들이 되돌아와 말라뜨야[23]의 피를 지나갔고

---

18 【직】"구름떼가 쇠로 된 비를 적군에게 퍼붓자 / 모든 곳이 칼로써 씻겼다"
19 아르까('Arqah) : 시리아 지역 내 한 곳.
20 '적군의 여인들이 전투에서 죽은 그녀들의 아버지나 남편, 형제들을 애도한다'는 의미이다.
21 마우자르(Mawzār) : 로마 지역의 성채.
22 앞으로 있을 : 【직】"아직 뛰어들지 않은"
23 말라뜨야(Malaṭyah) : 아나톨리아 동부 지역의 도시로 유프라테스강에서 가까운 곳에 위치해 있다. 동로마 지역의 도시로 시리아 지역과 접해 있다. 원래 무슬림들이 건설한 도시였고, 322/934년 도메스티쿠스(동로마군 대장)가 그곳을 점령해 성벽과 궁들을 파괴했다. Yāqūt al-Ḥamawī, op. cit., vol.5, 11526-'Malaṭyah'; http://ar.wikipedia.org/wiki (Wikipedia al-Mawsū'ah al-Ḥurrah) 'Malaṭyah'.

말라뜨야는 자식 잃은 어머니마냥 통곡한다[24]

28 군마들이 꾸바끕강을 건너며 유속流速을 약화시켜
강물은 마치 병약한 사람처럼 되었다[25]

29 우리를 태운 군마들은 유프라테스강의 심장을 놀라게 했고,
그것은 마치 급류가 병사들을 휩쓸며 흘러가는 듯하다

30 강물이 많은 곳이든 적은 곳이든 아랑곳없이
모든 군마들은 헤엄치며 강의 물결을 뒤따라간다

31 우리가 보기엔[26] 마치 강물이 말의 몸뚱이를 가져가 버려
남은 머리와 목만 헤엄쳐가는 것 같구나

32 힌지뜨와 심닌[27]에서 아군의 칼날과 강력한 창에게는,
이전에 전멸된 사람들을 대신한 이들이 있었다[28]

33 군마들이 두 지역을 공격하자 그곳 사람들은

---

24 '사이프 알다울라의 군대가 말라뜨야시를 공격해 그곳에서 많은 적군과 주민을 죽임으로써 적 진영이 초상난 집처럼 되었다'는 의미이다.
25 '많은 수의 말들이 몰려와 강물에 뛰어들어 건넜다'는 의미이다.
26 【직】"당신이 볼 때"
27 힌지뜨(Hinzīṭ), 심닌(Simnīn) : 동로마 영토 내의 지명.
28 '사이프 알다울라의 군대가 이전에 이 두 곳을 공격해 사람들을 죽였고, 그 후 또다시 공격해 그곳에 새로 와서 거주한 사람들을 죽였음'을, 즉 '이슬람 군대가 로마의 일정 지역을 재차 공격한다'는 의미이다.

말 이마와 발목의 흰색으로 우리 기병대를 알아보았다[29]

34 높이 솟은 적의 성채들은 우리와의 오랜 전투에 지쳐
자신의 주민들을 우리에게 내주고 폐허로 변한다

35 야위고 발굽이 해진 군마들은 알란 성채[30]에서 밤을 보냈지만
모두 강인하여 일제히 군왕의 명을 따른다[31] [32]

36 그를 제외한 모든 군사는 기진맥진해 있고,
그를 제외한 모든 칼들은 날이 무뎌졌다[33]

37 군마들이 수마이사뜨[34]로 가는 길에는 흙구덩이와 사막,
미지未知의 마른강江과 평지가 놓여 있다

38 군마들은 흑야黑夜를 걸친 채[35] 그 지대를 거쳐 마르아쉬로 갔고,

---

29 '로마의 두 지역 사람들은 아군의 공격을 수차례 당하는 바람에 아군 말들의 특징까지 익히 알게 되었다'는 의미이다.

30 알란 성채(Ḥiṣn al-Rān) : 동로마군의 성채 중 하나.

31 '군마들은 계속된 전투로 지쳤지만 사이프 알다울라가 열정을 갖고 재차 전투 참여를 명하면 곧바로 응한다'는 의미이다.

32 알오크바리의 해석 : "군마들은 야위었고 발굽이 해어진 채 '알란 성채'에서 밤을 보냈고 / 적 진영의 모든 지체 높은 자들은 군왕에게 복종한다."

33 그를 제외한 ~ 무뎌졌다 : '적과 싸우려는 그의 결의가 사그라지지 않았다'는 의미이다. 사이프 알다울라의 뜻은 '국가의 칼'임을 참조.

34 수마이사뜨(Sumaysāṭ) : 메소포타미아 북부의 유프라테스강 연안에 위치한 중세 이슬람 도시로, 오늘날 터키의 삼사트(Samsat)이다. *The Encyclopaedia of Islam*, vol.9, 'Sumaysāṭ'.

35 군마들이 밤중에 이동했음을 의미한다.

로마인들은 여러 지역[36]에서 큰 재난을 당했다[37]

39 적군은 그가 홀로 군대의 선두에 나선 모습을 보고서
그 외의 군사들은 군더더기 같은 존재임을 알았다

40 알캇뜨[38]산産 창은 짧아서 그에게 이르지 못하고,
인도 칼은 그의 앞에서 무디기만 하다

41 적군을 자신의 말 가슴팍과 칼에 이르도록 하였으니[39]
그는 관대함과 더불어 담력 또한 큰 청년이라네

42 어떤 경우를 막론하고 그는 재물을 아낌없이 베풀지만
자신의 군사[40]는 애지중지하며 구두쇠처럼 아낀다네[41]

43 그는 적군의 시신을 내버려둔 채 패잔병들을 쫓아갔고

---

36 여기서의 지역은 로마군에 의해 공격받던 무슬림들의 지역, 또는 험난한 지형과 로마군의 저항으로 인해 무슬림 군대가 도달하기 어려운 로마 영토 내의 지역을 가리킨다.

37 사이프 알다울라가 '알란' 성채에 머물고 있을 때, 로마군이 무슬림들의 지역에 와서 만행을 저지르고 있다는 소식이 전해졌다. 그는 그곳으로 진군하여 로마군을 격퇴하고 로마군 대장의 아들 꾸스딴띤을 생포하였다.

38 이 책의 32쪽, 각주 8번 참조.

39 말을 타고 싸우는 사이프 알다울라의 앞에 다다른 적군이 속수무책으로 당하고 있는 장면을 그리고 있다. 또는 '사이프 알다울라가 자신이 탄 말이 적의 무기에 의한 공격을 받더라도 자신의 칼로 적군을 죽음에 이르게 한다'는 의미이다.

40 【직】"갑옷을 입은 자"

41 자신의 군사는 ~ 아낀다네 : 다른 해석은 "적군에 대해서는 인색하게 군다네", 즉 '적군에게는 아량을 베풀지 않고 죽인다'는 의미이다.

그의 칼이 적의 투구를 내리치자 돌출부가 평평해졌다

44 꾸스딴띤은 비록 두 발에 차꼬를 차고 있지만
마음속으로 우리 주군에 경탄해 마지않는다[42]

45 알두무스투끄[43]여, 너는 언젠가 되돌아올 것이다[44]
얼마나 많은 자가, 결국엔 귀환할 곳에서 도망을 했던가

46 너는 너의 두 영혼 중 하나는 부상 입은 채 목숨을 구해주었지만
다른 또 하나의 영혼은 피 흘리며 죽도록 내팽개쳤다[45]

47 네가 네 아들을 창槍에 넘겨주고 도주하면
세상 친구들 중 어느 누가 너를 신뢰하겠는가?

48 네 얼굴에는 네 아들을 망각케 한 칼자국이 남아있건만
그 상처로부터 너를 구해줄 것은 통곡 소리뿐

49 너는 길게 펼쳐진 군 대열을 믿고[46] 우리를 넘볼 흑심을 품었던가?

---

42 사이프 알다울라는 꾸스딴띤을 포로로 잡은 뒤 그를 예우해주면서 한동안 알레포에 머물게 해주었다. 이 시행은 '당시 비록 포로로 붙잡힌 신세이지만 꾸스딴띤이 사이프 알다울라의 너그러운 인품에 감탄했음'을 말하고 있다.

43 로마군 대장 바르다스 포카스.

44 '로마군 대장이 이번 전투에서는 도망쳐 목숨을 부지했지만 언젠가는 다시 사이프 알다울라에게 잡히거나 죽임을 당할 것'이라는 의미이다.

45 '전투에서 알두무스투끄는 자신은 도망쳐 목숨을 건졌지만, 아들은 희생되도록 내버려 두었다'는 의미이다.

알리[47]는 그런 군대를 마시고 먹어치우는 자

50 네가 설령 코끼리라 해도, 일단 사자의 먹잇감이 되면
아무 소용이 없어 그의 먹이가 되지[48]

51 싸움에 임하라는 격려에도 네가 전투에 참여하지 않는다면
사람들의 비난이 있어도 너는 전투에 참여하지 않을 것[49]

52 적을 공격하는 그[50]의 모습을 세월이 목도했다면,
그는 세월에게 공격하는 법을 가르쳐 준 격

53 당신은 양 날이 예리하고 빛나는 칼[51]
칼이라 일컬음을 받지 못한 왕들이 애타게 당신을 닮고자 한다[52]

54 국가를 지키는 칼이 되는 자가 있는가 하면,

---

46 너는 ~ 대열을 믿고 : 【직】"너의 군 대열의 길이와 폭이 크니"

47 사이프 알다울라의 이름.

48 '로마군의 수가 아무리 많더라도 전투에서 사이프 알다울라에게 패한다'는 의미이다. 또한 '덩치 큰 코끼리의 사체가 사자에게 풍족한 먹이가 되는 것처럼, 로마군의 수가 많을수록 사이프 알다울라가 적군을 죽여 적개심과 분노를 해소할 수 있는 기회가 더 많다'는 의미이다.

49 '알두무스투끄는 사람들의 격려나 비난을 듣고도 전쟁에 뛰어들지 못하는 겁쟁이'라는 의미이다.

50 사이프 알다울라.

51 전술했듯이 '사이프 알다울라'의 의미는 '국가의 칼'이다.

52 【직】"칼이라 일컬음을 받지 못하는 왕들이 당신을 위해 목숨을 바치기를! / 당신은 양 날이 예리하고 빛나는 칼이니"

나팔이나 북처럼 소리만 내는 자도 있으니[53]

55 나는 누구보다 앞서 새로운 말을 읊는 데 반해
다른 시인들의 말은 이미 앞서 읊어진 말이지[54]

56 다른 이들의 말은 내 의심을 들게 하는 근거 없는 말이고,
그런 말을 하는 자들 또한 근본 없는 자들이지

57 나는 청년으로서 호의를 살 만한 강점을 지녔기에 적대시되고,[55]
나를 해하려 다른 이들이 궁리하지만 나는 침묵한다

58 시기하는 자들의 병病일랑 치료할 생각조차 하지 마시오[56]
일단 시기심이 생기게 되면 떠나는 일이 없으니

59 시기하는 자에게서 호의를 기대하지 마시길
설령 그대가 그자에게 호의를 보이거나 은덕을 베풀더라도

---

53 '사이프 알다울라는 몸소 전투에 참가하며 국가를 수호하는 데 앞장서는 왕인 데 반해, 다른 왕들은 자신들의 안위를 위해 북과 나팔로 신호를 보내 군대를 집합시키기만 할 뿐이다'라는 의미이다. 다른 해석에 따르면, 나팔과 북은 전투에 나가 싸우는 사이프 알다울라의 영웅적 행위를 시로 남겨서 사람들에게 알리는 시인들을 뜻한다.

54 알무타납비는 다른 시인들이 진부한 표현을 사용하는 데 반해 자신은 독창적인 시어를 사용한다는 점을 강조하고 있다.

55 '그 자신이 학식과 미덕, 시 역량에서 우수하기에 다른 시인들의 시기와 공격을 받는다'라는 의미이다.

56 【직】"시기하는 자들의 병(病) 이외의 것은 치료해주어라"

60 우리는 중대한 사태에 직면해도
대수롭지 않게 여기고 강인한 마음가짐으로 대처한다

61 우리의 신체가 재난을 당해도
우리의 명예와 정신이 평안해짐은 우리에겐 예삿일

62 와일족의 일파인 타글립 부족이여, 자부심과 긍지를 가지시오
그대는 최고의 자부심을 지닌 분[57]의 부족이니

63 알리[58]는 적이 자신의 창날에 죽지 않고
제 명대로 살다가 죽게 될까 우려한다

64 그는 목숨을 전리품 삼는 일에서 사신死神의 동업자
그가 죽이지 않았는데 일어난 모든 죽음은 사신이 배신한 결과[59]

65 전쟁에서 승리의 행운이 어느 누군가의 것이라면,
그것은 비명횡사를 무릅쓰고 전투에 뛰어드는 자에게 돌아가지

66 또한 그 행운은 잠시 세상만사를 제쳐놓은 채,
전사들의 머리에 칼이 부딪치는 전투 속에 있는 자의 몫이지

57 사이프 알다울라.
58 사이프 알다울라.
59 '사이프 알다울라가 많은 전투에 참가해 사신처럼 적군에 죽음을 안겨준다'는 의미이다.

7. "제 목소리 외에 다른 목소리는 일체 무시하소서"*

▶ 작품 해제

342/953~4년 알레포에서 희생제 명절을 맞아 지은 사이프 알다울라 칭송시이다. 알무타납비와 사이프 알다울라가 각자의 말을 타고 있는 가운데, 알무타납비가 이 시를 낭송했다.

전체적으로 연중 이슬람 최대 명절인 희생제 축일을 맞아 함단조 군주인 사이프 알다울라의 위상과 역할이 더욱 돋보이게 하려는 의도로 지은 시이다. 즐거운 명절의 들뜬 분위기에 맞추어 사이프 알다울라야말로 무슬림들에게 기쁨을 주는 희생제 명절 같은 위대한 인물이라고 한껏 드높인다(21~24행). 응당 시 전반에서는 동로마를 상대로 지치지 않고 싸움에 임해온 사이프 알다울라의 모습이 생생하고 다양하게 그려지고(1~10행), 특히 동로마군 대장을 패주시키고 그의 아들을 생포한 일[1]을 언급하여 사이프 알다울라의 공로를 강조한다(11~20행). 더욱이 규모가 작은

---

* 'Abd al-Raḥmān al-Barqūqī, *Sharḥ Dīwān al-Mutanabbī*, vol.2, pp.3~15; Abū al-Baqā' al-'Ukbarī, *Dīwān Abī al-Ṭayyīb al-Mutanabbī*, vol.1, pp.281~292.

1 이 책의 6번 시 작품 해제와 시 본문의 관련 부분 참조.

사이프 알다울라의 함단조가 바그다드의 압바스조를 대신해 이슬람 제국을 지키는 중대한 역할을 수행하고 있음을 내비치어 사이프 알다울라를 진정한 이슬람 통치자로서 내세우는 대담함을 보인다(25~27행). 이러한 칭송과 더불어 알무타납비는 자신이 다른 시인들의 시기를 받고 있다는 고충을 넌지시 사이프 알다울라에게 알리고, 자신에 대한 주군의 믿음과 지원이 이어지기를 간청한다(33~34행). 또한 알무타납비는 자신이야말로 창의적인 시를 짓는 독보적 시인임을 밝히고, 충심을 다해 사이프 알다울라의 궁정 시인으로 일하겠다는 의지를 내보인다.

▶ 우리말 번역

1 사람은 각자 운명적으로 습관을 갖기 마련인데
사이프 알다울라의 습관은 그의 적들을 칼로 찌르는 것

2 또한 그의 습관은 그를 음해하는 헛소문을 밝혀내고,
적들의 의도를 간파해 처단함으로써 더 큰 기쁨을 누리는 것

3 그에게 해害를 가하려던 많은 적들은 오히려 해를 당했고,
적군을 이끈 자는 길을 잘못 들어 그에게 무리를 선물로 바쳤다

4 한때 하느님을 알지 못했던 많은 오만한 불신자들이
그의 손에 있는 칼을 보고 신앙 증언을 하게 되었다[2]

5 그는 바다여서, 잠잠할 때에는 거기에 뛰어들어
진주를 얻겠으나 물거품이 일 때에는 주의해야 할 것[3]

6 나는 바다가 청년을 고꾸라뜨리는 것을 보았건만
이 분은 의도적으로 청년에게 재앙을 안겨주는 자[4]

7 그에게 복종하는 지상地上의 왕들은
죽임을 당하면서 그와 결별하고, 절하면서 그와 만난다[5]

8 칼과 창들이 그에게 재물을 가져다주고
미소와 관대함이 그 재물을 써버리게 한다[6]

9 명민한 그의 예측은 전위대前衛隊처럼 눈目보다 앞서가고
오늘 그의 마음은 눈이 내일 볼 것을 미리 내다본다

10 그는 사람이 도저히 갈 수 없는 곳이라도 말을 몰아 도달하며,

---

2 '불신자들이 사이프 알다울라를 두려워해서, 또는 그의 밝은 얼굴을 보고 그의 종교가 진실됨을 알고 나서 이슬람을 믿게 되었다'는 의미이다.

3 '사이프 알다울라와 우호 관계에 있는 자는 그로부터 보답을 받지만, 그와 앙숙 관계에 있는 자는 파멸에 이르게 될 것'이라는 의미이다.

4 '사람이 우연한 사고로 바다에 빠져 죽는 경우는 있지만, 사이프 알다울라는 아예 공격할 의도를 갖고 적을 죽인다'는 의미이다.

5 '사이프 알다울라에 맞서고 관계를 단절한 왕들은 그의 손에 죽을 것이고, 그와 우호 관계를 유지하는 왕들은 그에게 복종한다'는 의미이다.

6 '사이프 알다울라는 적에게서 재물을 얻어내고, 그렇게 모은 재물을 필요한 사람들에게 기쁜 마음으로 활수하게 나누어준다'는 의미이다.

설령 물에서 떠오르는 태양의 상단이라 해도 말을 타고 다다른다

11 이런 이유로 로마군 대장의 아들은 그날을 사망일로 일컬었고
로마군 대장은 그날을 생일로 일컬었다[7]

12 당신은 사흘 밤을 달려 아미드[8]에서 자이한강[9]으로 갔던 바,
당신의 질주疾走는 그 먼 거리를 가까워지게 했다[10]

13 그는 도주하면서 아들과 군대를 전부 당신에게 넘겨주었건만
그렇게 군대 전원을 내준 것은 칭찬받을 일이 아니었다[11]

14 당신은 그의 시선을 붙잡아 목숨 부지에 장애가 되었고[12]
그는 당신에게서 하느님의 칼이 뽑혀지는 것을 보았다

---

7 '용맹스런 사이프 알다울라의 공격으로 로마군 대장의 아들은 포로로 잡혀 삶의 희망을 잃었고, 로마군 대장은 부상을 입은 채 도망하여 다행히 목숨을 건졌다'는 의미이다.

8 이 책의 43쪽, 각주 16번 참조.

9 자이한(Jayḥān)강 : 시리아 변경 지역의 도시 알마씨싸(al-Maṣīṣah)에 있는 강으로, 동로마 지역에서 발원하여 시리아해(海)로 나간다. 자이한(제이한(Ceyhan))은 오늘날 터키 남부의 도시로, 그곳에 흐르는 강이 자이한강이다. Yāqūt al-Ḥamawī, op. cit., vol.2, 3391-'Jayḥān'; http://ar.wikipedia.org/wiki (Wikipedia al-Mawsū'ah al-Ḥurrah) 'Jayḥān'.

10 '다른 사람들이 여러 날 걸려 횡단하는 먼 거리를 사이프 알다울라는 단 사흘 만에 달려갔다'는 의미이다.

11 '로마군 대장이 전투에서 패하여 자신의 병사들을 포로로 잡히게 내버려둠으로써 마치 사이프 알다울라에게 그들을 선물한 것처럼 되었으나, 그것은 자의가 아니라 사이프 알다울라의 위력(威力)에 의한 결과였기에 칭찬받을 일이 아니다'라는 의미이다.

12 【직】"당신은 그의 목숨과 시선에 장애가 되었고" '로마군 대장이 육안으로 사이프 알다울라의 거센 공격을 보고 두려워하며 목숨이 위태롭게 되었다'는 의미이다.

15 번뜩이는 창槍날은 그자 외에 아무도 원하지 않았지만

꾸스딴띤이 그를 대신해 희생되었다

16 이전에는 직조織造된 갑옷을 입었던 그였건만

이제는 당신이 두려워 털옷[13]을 입었다[14]

17 이제 그는 전쟁을 그만두고 수도원에서 지팡이를 짚고 걸으며,

더 이상 금빛의 준마[15] 타기를 즐기지 않게 되었다

18 그는 군대의 공격으로 얼굴에 상처를 입고,

전투의 먼지로 눈병이 생기고 나서야 전쟁을 단념했다

19 만일 그가 수도사가 되어 알리[16]로부터 목숨을 건진다면,

다른 왕들도 하나둘씩 수도사가 될 것

20 또한 그 일 이후 동쪽과 서쪽의 모든 남자들은

저마다 검은색의 수도사용 털옷을 장만하려 할 것[17]

---

13 세속을 떠나 수행에 전념하는 수도사들이 입는 털옷.

14 '로마군 대장이 전투에서 패한 뒤 전의를 상실하고 사이프 알다울라를 두려워하게 되었다'는 의미이다.

15 【직】"털이 짧은 말" 털이 짧은 말은 빠른 말을 의미한다.

16 사이프 알다울라.

17 '로마군 대장이 사이프 알다울라에게서 도망쳐 살 수 있었던 전례를 따라 사이프 알다울라의 모든 적들이 처음부터 아예 그와의 전쟁을 피하려 할 것'이라는 의미이다.

21 명절[18]이 당신[19]으로 기뻐하니 당신은 명절의 축일이자
알라를 염송하며, 희생물을 바치고 명절을 맞는 사람들의 축일 같은 존재[20]

22 명절날들은 당신이 입는 옷과 같아서
누더기 옷 같은 명절을 보내고 나면 새옷 같은 명절이 온다[21]

23 뭇 나날 중 이 명절날은 뭇 사람 중 당신의 존재와 같아
이 날이 연중 유일한 날이듯 당신은 사람들 중 유일한 인물[22]

24 운수에 따라 한쪽 눈目이 다른 쪽 눈보다 더 좋기도 하고
뭇 날들 중 어느 날이 다른 날의 주인이 되기도 한다[23]

25 당신이 국가 통치자[24]의 칼이라니 얼마나 놀라운가
그는 자신이 찬 칼의 양날이 두렵지 않을까?

---

18 이슬람의 희생제 명절.
19 사이프 알다울라.
20 '사이프 알다울라가 희생제 명절처럼 무슬림들에게 큰 기쁨을 주는 존재'라는 의미이다.
21 【직】"명절날들은 여전히 당신이 입는 옷이어서 / 당신은 낡은 것을 건네주고 그러고 난 뒤 새 것을 받는다"
22 '희생제 명절이 연중 가장 중요하고 뜻 깊은 이슬람 명절이듯이 사이프 알다울라는 인간 세상에서 가장 탁월하고 숭고한 인물'이라는 의미이다.
23 '겉으로는 동일하거나 대등해 보이는 것들이 있더라도 실제로는 그중 하나가 우수하고 특출한 것처럼 명절날은 그 특별함으로 인해 연중 다른 평일들보다 의미가 깊고 소중한 날'이라는 의미이다.
24 '국가 통치자'는 압바스조 칼리프를 가리킨다.

26 사자獅子를 사냥용 송골매로 삼는 자가 있다면

그는 사냥 중에 그 사자에 의해 사냥 당할 수도 있을 것[25]

27 나는 당신이 완벽한 능력에도 인내하고 있음을 알고 있으나

만일 당신이 원한다면 그 인내심은 인도산 칼이 될 것[26]

28 품격 있는 자들을 용서함은 그들을 기죽이는[27] 것과 같은데

이는 용서의 손길을 간직하는 자는 당신의 사람이 되기 때문[28]

29 당신이 품격 있는 자를 예우하면 그를 소유하게 될 것이나

당신이 천박한 자를 예우하면 그자는 반기를 들 것

30 칼을 써야 할 곳에 관용을 베풀면 높은 위상에 해害가 된다

관용을 베풀어야 할 곳에 칼을 쓰는 것도 마찬가지[29]

---

25 25, 26행은 함단조의 군주 사이프 알다울라가 압바스조 칼리프를 대신해 동로마 제국과의 전쟁에 나서서 이슬람 진영을 지켜내는 임무를 수행하고 있으므로, 사이프 알다울라의 위상과 역할이 칼리프에 못지않음을 말하고 있다.(옮긴이)

26 '사이프 알다울라는 강력한 힘을 지녔음에도 자제하는 편이지만, 적을 만나면 더 이상 참지 않고 힘을 발휘하여 싸움에 임한다'는 의미이다.

27 【직】"죽이는"

28 '고귀한 자가 잘못을 범했을 경우, 사이프 알다울라가 그를 벌하는 대신 용서하면 그는 은총에 깊이 감화하여 이전의 자신을 버리고 사이프 알다울라의 심복이 된다'는 의미이다.

29 '현명한 통치자라면 상대방의 격에 맞게 응대(應對)해야 한다'는 의미이다. 즉 '죽어 마땅한 자에 대해서는 죽음을 내리고, 호의를 받을 만한 자격이 있는 자는 그에 상응한 대우를 해주면 된다. 만일 이와 반대로 하게 되면 그 통치자나 국가의 위상이 위태로워질 것'이라는 의미이다.

31 그러나 당신은 식견과 지혜에서 뭇 사람보다 뛰어나고
지위와 열정과 혈통에서도 그들보다 월등했다[30]

32 당신께서 행하시는 위업은 생각보다 세세히 밝혀야 하건만
감춰진 업적은 버려지고 드러난 업적만 택해진다

33 저를 시기하는 자들을 제압하시어 그들의 시기를 제거해주소서
당신이야말로 그들로 하여금 저를 시기하게 만드신 장본인이시니

34 당신께서 그들에 대해 잘 판단하시어 제게 힘이 되어주신다면
저는 칼집에 든 칼로 내리쳐 그들의 머리통을 절단할 것입니다[31]

35 저는 당신께서 들고 다니시는 탄탄한 창槍[32]이어서
멋진 장식이 되기도 하고 적을 겨냥해 경악하게 합니다[33]

36 세월은 내 목걸이[34]를 회자시키는 자들 중 하나에 불과하여

---

30 '사이프 알다울라는 식견과 판단력을 포함한 모든 면에서 일반 수준을 뛰어넘기에, 인사 문제에서 신상필벌(信賞必罰)을 명확히 적용하여 공정하게 수행한다'는 의미이다.

31 '당신께서 저를 시기하는 자들의 그릇된 행태를 정확히 파악하시어 저를 믿고 지원해 주신다면 저는 그들에 대해 괘념하지 않을 것'이라는 의미이다.

32 탄탄한 창 : 【직】"삼하르 창(samharī)" 삼하르 창은 '강하고 튼튼한 창'이라는 의미로, 삼하르는 창대를 곧게 펴는 일을 했던 남자의 이름이다.

33 '시인은 평화 시기에는 칭송시를 통해 사이프 알다울라의 치적을 알리고 그의 위상을 드높이는가 하면, 전쟁 시기에는 적을 공격하는 언설로 적 진영의 사기를 떨어뜨리고 두려움을 갖게 한다'는 의미이다.

34 목걸이(qalā'id) : 여기서는 시인의 시 작품을 의미한다. qalā'id(목걸이) 대신 qaṣā'id(시(詩))로 전해지기도 한다.

만일 내가 시를 읊으면 세월은 그 시를 노래하게 되지

37 미동 않던 자도 내 시를 들으면 소매를 걷어붙인 채 움직이고
노래 않던 자도 흥얼거리며 내 시를 따라 부른다

38 당신을 찬양하는 시가 불리면 내게 상을 내려주시오
칭송 시인들은 당신께 내 시를 가져와 되읊을 터이니[35]

39 제 목소리 외에 다른 목소리는 일체 무시하소서
제가 소리를 외치면 다른 이는 흉내 내는 메아리이니[36]

40 저는 밤 여행길을 돈이 모자란 내 뒤의 사람에게 넘겨주었고
당신의 은총으로 내 말馬들에게 금제金製 편자를 신겨주었습니다[37]

41 저는 당신을 흠모했기에 당신의 품 안에 제 자신을 묶었습니다
예우를 족쇄로 여기는 자는 스스로 묶이게 마련이지요[38]

---

35 '시인의 찬양시가 비할 데 없을 만큼 탁월하여 다른 시인들이 그의 작품의 영향을 받아 모방하는 경우가 많다'는 의미이다.

36 【직】"제 목소리 외에 모든 목소리는 내버리시오 / 저는 소리를 외치는 자이자 모방의 대상이 되는 자이고 다른 사람은 메아리이니" 이 행에서 시인은 자신이 작품을 창작하면 다른 시인들이 그것을 모방한다고 말함으로써 자신의 월등한 역량을 과시하고 있다.

37 이 행에서 시인은 자신이 주군 사이프 알다울라의 은총 덕에 부유해졌으니 이제부터는 형편이 딱한 다른 시인들에게 주군을 만나 하사품을 받을 기회를 주겠다고 말하고 있다.

38 '시인이 주군 사이프 알다울라를 흠숭하여 그의 궁정 시인으로 계속 머물고 있다'는 의미이다.

42 어떤 사람이 생전에 부富를 원하건만 당신이 그에게서 멀리 있다면

당신이야말로 그를 부유하게 해주는 약속이지[39]

39 【직】"사람이 자신의 세월에게 부(富)를 원하는데 당신이 그자에게서 멀리 있다면 / 세월은 당신을 약속으로 만들어 줄 것"
이 시행에서 알무타납비는 '부를 원하는 시인은 자신처럼 주군 사이프 알다울라에게 와서 시 재능을 발휘해 뛰어난 시를 쓰면 된다'라고 말하고 있다.

8. “사신使臣이 당신을 알현하러 왔을 때”*

▶ 작품 해제

343/954~5년 지은 사이프 알다울라 칭송시이다. 비잔티움 왕이 화해를 청하기 위해 파견한 사신이 사이프 알다울라를 찾아와 알현했던 일을 언급하고 있다. 비잔티움 왕의 사신 방문에 즈음해 지은 작품인 만큼 이와 관련된 내용이 전체의 절반가량(1~20행)을 차지한다. 시인은 사이프 알다울라에게 화해나 휴전을 청하러 동로마 사신이 온 상황을 적절히 활용해 적국에 굴욕을 안길 기회로 활용하고 있다. 사이프 알다울라의 진영에 찾아온 사신의 잔뜩 겁먹은 표정과 사이프 알다울라의 근엄한 모습에 놀라고 감탄하는 모습을 통해 적을 조롱하고 모멸감을 안겨준다.

시인은 동로마 사신의 치욕스런 상황 묘사를 통해 상대적으로 사이프 알다울라의 위상을 높인 뒤 본격적으로 주군에 대한 칭송에 많은 행을 할애한다(21~23 · 32~43행). 사이프 알다울라는 어떠한 적이라도 섬멸하는 능력을 지녔고, 마음먹으면 불가능한 일도 해내는 초자연적 존재로

* ʿAbd al-Raḥmān al-Barqūqī, *Sharḥ Dīwān al-Mutanabbī*, vol.3, pp.232~241; Abū al-Baqāʾ al-ʿUkbarī, *Dīwān Abī al-Ṭayyib al-Mutanabbī*, vol.3, pp.112~122.

그려진다. 또한 주군은 질투하는 자나 적대적으로 굴었던 자도 포용하는 자세를 지닌 너그러운 통치자로서의 면모를 지녔기에 만인의 존경을 받고, 진정한 아랍 용사이자 지도자로서 자격이 충분한 인물임을 시사한다.

이 시에서도 알무타납비는 주군에 대한 칭송과 더불어 자신이 최고 반열의 시인임을 사이프 알다울라에게 각인시키는 것을 잊지 않는다(24~31행). 자신은 진실한 시를 쓰는 시인으로서 거짓된 시를 쓰는 열등한 시인들과는 상종하지 않는다고 밝히며, 주군이야말로 시를 판단하는 시각을 지닌 분으로 자신의 시의 우수성을 인정해줄 것이라고 확신한다.

▶ 우리말 번역

1 이 서신들[2]은 로마 왕의 갑옷 같아
그는 그것으로 자신을 보호하고 당신의 관심을 돌리려 한다[3]

2 서신들은 로마 왕을 지켜줄 긴 이중 갑옷이고
그 어휘들은 당신의 미덕에 대한 긴 찬사

3 이 사신은 자신의 영토에서 어떻게 길을 찾아 왔던가?
당신 군대가 그곳을 공격해 일으킨 먼지가 가라앉지도 않았는데

---

2 동로마 사신이 사이프 알다울라에게 가져온 서신들을 말한다.
3 '동로마 왕이 사이프 알다울라에게 사신을 보내, 전쟁에 대한 사이프 알다울라의 관심을 돌리고 그가 동로마와 싸우려 하는 것을 멈추려 한다'는 의미이다.

4 그는 자신의 말馬에게 어느 물을 마시게 했는가?

그곳의 모든 샘물은 피가 섞여 맑지 못한데[4]

5 사신이 당신을 알현하러 왔을 때 그의 머리는 목을 부인하고[5]

그의 뼈마디들은 두려움에 떨어 끊어진다

6 그가 두려움으로 몸을 지탱하지 못해 갈지之자로 걷자[6]

양쪽 대열의 병사들이 당신에게 향하는 그의 걸음을 잡아준다[7]

7 당신과 늘 붙어 지내는 동명同名의 벗[8]이

당신과 함께 사신의 두 눈과 시선을 공유한다[9]

8 그는 당신에게서 활수함을 보아 생계를 기대하고

당신의 칼에서 죽음을 보아 두려움이 든다[10] [11]

9 용맹스런 병사들이 경외하는 자세로 도열한 가운데

---

4 '무슬림 군대가 로마의 영토를 공격해 그곳의 물이 피로 물들었다'는 의미이다.

5 '사신은 사이프 알다울라를 알현하면서 큰 두려움에 사로잡힌 나머지 자신의 목이 혹시 칼날에 절단된 것이 아닌가 하는 착각을 하고 있다'는 의미이다.

6 【직】"두려움이 그의 발걸음을 비틀거리게 하자"

7 '사이프 알다울라 앞에 두 줄로 서있는 병사들이 간격을 좁혀 사신이 몸의 균형을 잡도록 해준다'는 의미이다.

8 '동명의 벗(khill)'은 곧 사이프 알다울라가 지닌 '칼(sayf, 사이프)'을 가리킨다.

9 '사신이 사이프 알다울라와 그의 칼을 보고 놀라움과 두려움을 느낀다'는 의미이다.

10 【직】"그는 당신에게서 삶의 의욕을 갖게 하는 생계를 찾았다 / 또한 그는 그것[칼]에서 무시무시한 죽음을 보았다"

11 '사신이 사이프 알다울라에게서 관대함과 파괴적 힘을 동시에 본다'는 의미이다.

사신은 땅바닥에 입을 맞춘 뒤 당신의 옷소매에 입을 맞추었다

10 소망을 갖고 가장 행복한 자, 목표를 갖고 가장 성공한 자는
당신의 옷소매에 입을 맞추는 영광을 누린 왕[12]

11 당신의 옷소매는 많은 이들의 입술이 갈망하는 곳이지만
그곳에 가기까지는 군마와 탄력 있는 창들이 버티고 있지[13]

12 제아무리 고귀한 자도 원하던 바를 이루지 못했지만[14]
당신은 간청하는 자를 실망시키지 않는 분

13 적군은 당신에게 가겠다는 사신의 용기를 치하하면서
사신이 가져올 답장을 고대했다[15]

14 그는 사신의 자격으로 그의 동료들에게서 왔다가
책망하는 자가 되어 그들에게로 돌아갔다[16]

---

12 '사신은 사이프 알다울라를 찾아온 왕들처럼 그를 만나는 영광스런 기회를 갖게 되었다'는 의미이다.

13 '사이프 알다울라는 지고한 위상의 통치자이어서 그 어느 누구도 그를 쉽게 만날 수 없다'는 의미이다.

14 '그 어떤 위대한 인물도 사이프 알다울라의 옷소매에 입을 맞출 기회를 갖기 어렵다'는 의미이다.

15 '동로마군은 자기편 사신이 사이프 알다울라를 설득해서 그가 동로마군에 대한 공격을 중단하겠다는 내용의 답장을 갖고 오기를 바라고 있다'는 의미이다.

16 '무슬림 군대의 위력을 알고 난 사신이 돌아가 동로마 군대가 감히 대적할 수 없음을 자기편에게 전한 뒤 동로마군의 무모함을 책망한다'는 의미이다.

15 사신은 라비아 부족[17] 출신의 칼[18]을 보고 놀랐다

그 칼은 알라가 만드셨고, 영광으로 연마鍊磨되었으니

16 그 칼의 색깔은 눈이 부셔 눈으로 볼 수 없고

그 칼날은 예리해 손끝을 댈 수 없다[19]

17 사신들이 당신을 직접 본다면 그들의 마음은 위축되고

그들이 가져온 선물이나 그들을 보낸 왕도 하찮게 보일 것[20]

18 로마인들은 적대감이 예상되는 자가 아니라

선물이 기대되는 자에게서 용서를 구했다[21]

19 그들이 당신 손에 죽거나 포로 되는 것이 두려워 사신을 보냈다면

그것은 죽거나 포로로 잡히는 것보다 더 수모를 겪는 것

20 그들은 죽임을 당하더라도 못 느낄 큰 두려움을 느끼면서

당신에게 왔기에 그들을 묶을 쇠사슬조차 필요 없다

---

17 라비아(Rabī'ah) 부족 : 사이프 알다울라의 부족.

18 칼은 사이프 알다울라를 가리킨다.

19 사이프 알다울라의 빛나는 위업과 결단력을 보검(寶劍)의 빛깔과 예리한 날에 비유하고 있다.

20 '동로마 사신들이 사이프 알다울라의 통치자로서의 위엄 있는 모습을 직접 보면 감탄하고 경외감을 갖게 될 것'이라는 의미이다.

21 '사이프 알다울라는 본디 베풀기를 좋아하는 관대한 성품을 지닌 자이지 적개심을 갖고 복수만 하려는 자가 아니다'라는 의미이다.

21 제 생각으로 모든 왕들의 종착지는 당신이어서
마치 당신은 바다이고 뭇 왕은 시냇물인 듯

22 뭇 왕이 비를 내리고 당신도 비구름이라면
그들의 폭우는 당신에겐 가랑비, 당신의 가랑비는 그들에겐 폭우

23 관대하신 당신은 만일 전쟁이 일어나
당신이 타시는 말이 필요하다고 하면 곧바로 내주시는 분

24 후덕하신 분이여, 사람들에게 당신의 재물을 베푸시되
저의 칭송시를 나른 사람들에게 주지 마시길[22]

25 내 겨드랑이에 끼고 다녀도 시원찮을 시인 나부랭이가 매일
나와 겨루고, 시에 일자무식인 자가 나와 맞먹으려 하다니!

26 내가 한마디 하려면 내 혀는 침묵하여 그자와 말하지 않고
내가 침묵하려면 내 심장은 웃으며 그를 조롱한다

27 나를 부르는 자들 중 가장 지치는 자는 내가 답하지 않는 자
나를 적대시하는 자들 중 가장 분노케 하는 자는 내 부류에 속하지 않은 자[23]

---

22 '저는 오직 당신만을 위해 칭송시를 짓는다'는 의미이다.
23 '알무타납비는 자신이 최고의 시인으로서 자부심을 지녔기에, 낮은 수준의 다른 시인들이 적대성을 띤 시로 공격하더라도 그들을 하찮게 여겨 결코 응하지 않는다'는 의미이다. 이 시행에서 1인칭 '나', '내'는 아랍어 원문에서 2인칭 '너'로 나온다.

28 나는 거만을 떠는 성품은 아니지만
현학적인 말을 하며 무지한 자를 혐오한다

29 내가 가장 뽐낼 만한 것은 내가 당신을 신뢰한다는 것이고
내가 가진 가장 큰 재산은 내가 당신에게 기대를 건다는 것

30 아마도 주군 사이프 알다울라는 시에 주목하기에
올바른 시는 살아남고 거짓 시는 파멸할 것

31 나는 시를 지어 그의 미덕을 알림으로써 그의 적들을 공격했다
나의 시들은 적군을 죽이고 무사히 살아남은 전사들 같다

32 그들은 별들이 불멸이라고 강변했지만,
만일 별들이 그와 전쟁하려 든다면 장정을 잃은 여인들이 곡하게 될 것[24]

33 별조차 그가 원한다면 그에게 가까워질 것이고
그가 손으로 잡는다면 가벼워질 것[25]

34 세상 사람들에게 멀리 있는 모든 것이 그에게는 가까워진다
그의 군대가 군마들이 일으키는 먼지를 뒤집어쓸 때면

---

24 불멸의 별들조차 대적할 수 없을 정도의 초자연적 힘을 지닌 인물로 사이프 알다울라의 역량을 과장하고 있다.

25 【직】"별조차 그가 원한다면 그에게 얼마나 가까워질 것인가! / 또한 그가 손으로 잡는다면 얼마나 가벼워질 것인가!"

35 그의 손바닥은 대지의 동쪽과 서쪽을 경영하고

그럼에도 그 손은 한시도 베풀기를 소홀히 하지 않는다

36 그의 의지는 도망치는 자들을 추적하고

그에게 적대적으로 굴다가 도망친 자는 참화를 겪게 된다.

37 그를 시기하여 그의 예우를 피해 달아나는 자라 해도

어디를 가든 그에게서 오는 하사품이 그자를 맞아줄 것[26]

38 그는 극진히 예우함에도 스스로 극진하지 않다고 여기는 청년

그의 예우는 모든 이를 포용하는 것으로 보이건만

39 순혈 아랍족이 자신들의 활수함과 용기를 시험해본다면[27]

그들은 당신이야말로 합당한 인물이며 자신들의 지도자임을 알게 될 것

40 또한 그들은 영혼을 바쳐 당신께 복종할 것이며,

당신의 명에 따라 움직이고, 당신 주위에 부족들이 모여들 것

41 모든 창대 마디들이 그의 지지대가 되어준다

기병들을 찌르는 것은 오직 창날이기에[28]

---

26 '사이프 알다울라는 자신에게 친근하게 대하는 자나 질투하는 자나 모두에 대해서 너그러운 아량으로 대해주고 하사품을 내린다'는 의미이다.

27 【직】"순혈 아랍족이 자신들을 시험해본다면"

28 '사이프 알다울라는 창날이고 그를 지원하는 다른 아랍 부족들은 창날을 지탱하는 창대

42 나는 보았소. 전투에서 당신이 칼로 상대를 찔러

복종시키지 않는다면 당신의 성품으로 복종시키면 된다는 것을

43 모든 이 중에 스스로 당신에게 굴복하는 것을

배우지 못한 자는 당신의 칼로 가르쳐 주면 된다

에 비유할 수 있다. 곧 사이프 알다울라야말로 전투에서 결정적 역할을 하는 주요 인물'
이라는 의미이다.

9. "대인大人의 눈에는 큰일도 작게 보이게 마련"*

▶ 작품 해제

343/954~5년 로마군 대장[1]이 이끄는 비잔티움 군대가 사이프 알다울리의 '알하다스'성[2]을 공격했다가 무슬림 군대에 의해 격퇴되었다.[3] 알무타납비는 이 사건을 시로 기록하며 사이프 알다울라를 칭송하였다.

시의 서두 부분(1~6행)은 결단력을 지닌 대인배로서 사이프 알다울라

---

* ʿAbd al-Raḥmān al-Barqūqī, *S͟harḥ Dīwān al-Mutanabbī*, vol.4, pp.94~108; Abū al-Baqāʾ al-ʿUkbarī, *Dīwān Abī al- Ṭayyīb al-Mutanabbī*, vol.3, pp.378~392.

1 도메스티쿠스 바르다스 포카스(Domesticus Bardas Phocas).

2 알하다스(al-Ḥadat͟h) : 아나톨리아 남부 토로스(Taurus)산맥의 천 미터 고도에 자리 잡은 고대 도시로, 그곳의 토양이 붉은 색을 띠어 '붉은 하다스(al-Ḥadat͟h al-Ḥamrāʾ)'로 알려져 있다. 동로마 변경 지역인 말라뜨야, 수마이사뜨, 마르아쉬의 사이에 위치한 견고한 성채 도시였다. 아랍인과 비잔티움의 변경에 위치한 것으로 중요성이 컸던 이 도시는 알우하이답(al-ʾUḥaydab)언덕 위에 세워진 요새에 의해 방어되었다. 이곳은 칼리프 오마르 치하에서 아랍인에 의해 정복되었고 우마이야조의 무아위야가 이곳을 비잔티움 영토 습격을 위한 출발 지점으로 활용했다. 이후 압바스조 칼리프들 치하에서 알하다스는 비잔티움 영토 공격을 위한 기지로서 전략적으로 중요한 곳이 되었다. 336/950년 바르다스 포카스의 아들 레오(Leo)가 알하다스를 점령해 그곳의 방어 시설을 파괴해버렸다. 343/954년 함단조의 사이프 알다울라가 승전을 거두어 이 도시를 이슬람 영토로 만들고 성벽을 재건했으나, 346/957년 다시 비잔티움이 그곳을 점령했다. *The Encyclopaedia of Islam*, vol.3, 'al-Ḥadat͟h'; Yāqūt al-Ḥamawī, op. cit., vol.2, 3546-'al-Ḥadat͟h'.

3 이와 관련해서는 위의 각주와 이 책의 126쪽, 각주 1번 참조.

가 용맹한 군대를 이끌고 대업을 성취하는 인물임을 내세우며 군 지도자로서의 역량을 강조한다. 이어지는 다수의 시행(7~38행)에서 알무타납비는 '알하다스'성에서 벌어진 동로마군과의 치열한 전투 상황과 그 결과로서 적의 치욕스런 참패를 현장감 넘치게 그린다. 성을 공격해온 동로마 군대는 상상을 뛰어넘을 만큼 인원과 장비에서 규모가 컸고, 여러 민족으로 구성되어 있었다(16~19행). 그럼에도 사이프 알다울라는 성채가 적군의 피로 물들고 적의 시신이 성벽에 걸릴 정도로 많은 적군을 궤멸시켰다. 가공할 적군을 맞이해 사이프 알다울라와 그의 용맹한 군사는 두려움 없이 적과 싸워 죽음을 안겨주었다. 이로써 자칫 적의 공격으로 위험에 처할 수 있었던 성이 사이프 알다울라의 활약에 힘입어 안전해졌다. 한편 치욕적인 패배를 당한 동로마군 대장은 전리품을 빼앗기고 부하들을 잃은 대신 자신의 목숨을 건진 것에 기뻐한다(33~38행).

시는 사이프 알다울라에 대한 칭송으로 끝맺음된다(39~46행). 사이프 알다울라는 일개 지역의 군주가 아니라 전체 이슬람 영토의 수호자로, 모든 무슬림들의 찬사와 존경을 받고, 알라께서 이슬람의 적을 파멸시키는 데 앞장세우는 인물임을 상기시킨다. 한편 알무타납비는 자신은 사이프 알다울라의 위업을 알리는 시인일 뿐만 아니라 주군을 모시고 직접 전쟁터에 나가 싸우는 전사의 임무도 수행하는 충실한 부하임을 강조한다(41~43행).

▶ 우리말 번역

1 결단력의 성과는 결의에 찬 이들의 역량에서,

크나큰 공적은 도량 큰 이들의 역량에서 이루어진다

2 소인小人의 눈에는 작은 일도 크게 보이고,
대인大人의 눈에는 큰일도 작게 보이게 마련

3 사이프 알다울라는 자신의 군대에 맡긴다네
평범한 대군이 행할 수 없는 자신만의 과업을

4 그는 자신이 지닌 용기를 병사들에게 요구하지
사자獅子도 감히 내세우지 못하는 그런 용기를

5 사막의 늙은 독수리와 어린 독수리들 모두
그의 무기에 경의와 찬사를 표한다[4][5]

6 그의 칼과 칼 손잡이가 있으므로
발톱 없는 독수리들도 어려움이 없지[6]

7 붉은 알하다스성城은 자신의 색깔을 아는가?
물을 대주는 둘[7] 중 어느 것이 구름인지를 아는가?[8]

---

4 【직】"나이 찬 새들이 그의 무기를 위해 자신을 희생하려 한다 / 사막의 어린 독수리들과 늙은 독수리들이"

5 '사이프 알다울라가 적군을 죽여 그 시신을 먹이로 대주어 독수리들이 그에게 감사한다'는 의미이다.

6 '사이프 알다울라가 죽인 적군의 시신이 어리거나 늙어서 사냥 못하는 약한 독수리들에게 좋은 먹이가 된다'는 의미이다.

8 그[9]가 오기 전엔 흰 구름이 성에 비를 내렸고,
그가 오자 적군의 두개골들이 성에 피를 대주었다

9 그가 성을 높이 세우자 창槍이 창을 때리고,
성 주위에 죽음의 파도가 맞부딪친다

10 성에는 광기狂氣의 징후가 있었지만
성벽에 걸린 적군 시체들이 부적이 되어주었다[10]

11 운명이 몰아댔던 사냥감 같은 성[11]을 당신이
창으로 종교[12]에 되돌려주었고 운명은 굴복하였다

12 당신은 밤이 가지려던 모든 것을 취해도 되지만[13]
밤은 당신에게서 취한 것에 대해 배상한다[14]

13 당신이 의도한 일이 미래 동사라면,

---

7 물을 대주는 둘 : 다음 행에 나오는 비구름과 피 흘리는 적군의 두개골을 가리킨다.
8 '사이프 알다울라가 알하다스성에서 동로마군을 섬멸해 성을 온통 피로 물들게 했다'는 의미이다.
9 사이프 알다울라.
10 '성에서 벌어진 동로마군과의 전투로 인한 혼란 사태가 적의 궤멸로 끝나며 진정되었다'는 의미이다.
11 '사이프 알다울라가 오기 전에 알하다스성은 빈번히 동로마군의 침략을 받아 파괴되는 등 마치 맹수에게 쫓기는 사냥감 같았다'는 의미이다.
12 이슬람교를 가리킨다.
13 【직】"당신은 밤에게서 모든 것을 취했고, 밤이 (그것을) 잃게 해도 되지만"
14 '사이프 알다울라가 운명보다 강한 존재'라는 의미이다.

그 앞에 부정사否定詞가 놓이기 전에 과거 시제가 된다[15]

14 로마인과 러시아인들이 어찌 그 성이 파괴되길 원하겠는가?

당신이 적을 찌름이 곧 성의 기둥이요 주춧돌인데

15 그들[16]이 심판인 죽음에게 판결을 의뢰하자

공격받던 자는 죽지 않았고 공격자는 살아남지 못했다[17]

16 적군은 많은 무기로 무장한 채 당신을 공격하러 왔는데[18]

마치 발 없는 군마들을 타고 밤에 온 듯[19]

17 적군이 빛을 발할 때 그들의 칼이 몸과 구별되지 않음은

쇠 갑옷과 투구의 색깔이 칼과 같기 때문[20]

18 적의 대군 행렬이 대지의 동서로 길게 뻗어 있어

밤하늘 쌍자궁雙子宮의 귀에 행군의 굉음이 들릴 정도

---

15 '사이프 알다울라는 신속한 실행을 중시하여, 부정적인 생각을 할 틈도 없이 계획한 일을 지체 없이 수행한다'는 의미이다.

16 아군과 적군 모두를 가리킨다.

17 '알하다스성을 공격했던 동로마군은 죽음을 면치 못했고, 성과 그 안의 무슬림 군대는 무사했다'는 의미이다.

18 적군은 ~ 왔는데 :【직】"그들은 쇠를 끌면서 당신에게 왔는데"

19 '적군이 말 위에 실은 전투 장비와 무기들이 너무 많아서 말의 발이 보이지 않을 정도'라는 의미이다.

20 '적군이 빛나는 갑옷과 투구를 걸쳐서 그들의 칼날과 구분이 되지 않는다'는 의미이다.

19 온갖 언어와 민족이 대군 안에 모여 있어

병사들은 통역 없이 서로 말을 알아듣지 못한다

20 그 시각 전쟁의 불길은 형편없는 병사들을 녹여버렸고,

결국 예리한 칼과 용감한 전사만 살아남았다[21]

21 갑옷과 창을 절단하지 못하는 무기들은 절단되었고

병사들 가운데 맞대결을 피한 자들은 도망쳤다

22 전쟁터에 나선 자는 죽음을 의심치 않건만 당신은 나섰다

마치 당신은 잠자는 죽음의 눈꺼풀에 서 있는 듯

23 패배하고 부상 입은 용사들이 당신 곁을 지나가지만

당신의 얼굴은 밝고 당신의 입은 미소 짓는다

24 당신은 용기와 지성의 한계를 넘었기에

사람들은 "당신은 선견지명이 있는 분"이라고 말한다

25 당신이 적군의 양 날개[22]를 심장 부위에 힘껏 포개 버리자

날개의 앞쪽 깃털과 뒤쪽 깃털들이 모두 죽는다[23]

---

21 '전투에서 심약한 병사들은 죽임을 당하고 오로지 강한 전사들만 살아남았다'는 의미이다.

22 양 날개(janāḥayhim) : 좌익과 우익 부대.

23 '사이프 알다울라가 적군의 좌익과 우익 부대를 중앙으로 몰아 한꺼번에 전멸시킨다'는 의미이다.

26 당신이 칼로 적군의 머리를 칠 때엔 승리가 불확실했지만
칼날이 적군의 어깻죽지에 이르자 승리가 당신에게 왔다

27 당신은 창[24]을 경시하여 마침내 창을 던져 버렸다
마치 칼이 창을 나무라서 그렇게 된 듯[25]

28 위대한 승리를 원한다면,
그 열쇠는 날이 예리하고 잘 드는 칼이지

29 당신은 적군의 시신을 알우하이딥산[26] 곳곳에 흩뜨려 놓았다
마치 결혼식에서 신부에게 금화가 뿌려지듯

30 당신이 군마를 타고 산정山頂의 맹금류 둥지 주변을 밟자
둥지 주위에는 먹이가 풍부해졌다

31 당신이 튼튼한 군마를 타고 둥지에 이르자
독수리 새끼들은 군마를 자기네 어미로 여긴다

32 말들이 산에서 미끄러지자 당신은 말들에게

---

24 【직】"루다이나 창" 루다이나(Rudaynah)는 알야마마(al-Yamāmah. 아라비아 반도의 나즈드 남부에 있던 옛 지역)의 여인으로, 그녀와 남편은 창 만드는 일을 했다.

25 '길이가 긴 창은 겁 많은 병사의 무기이고 길이가 짧은 칼은 용감한 전사의 무기'라는 의미이다.

26 '알우하이딥(al-'Uḥaydib)산' 또는 '알우하이답(al-'Uḥaydab)언덕': 이 책의 100쪽, 각주 2번 참조.

뱀이 땅 표면을 기어가듯 배를 바닥에 대고 오르게 했다

33 매일같이 로마군 대장[27]은 앞으로 돌진만 해대는가?

그의 목덜미는 그러한 만용에 대해 안면顔面을 나무라는데[28]

34 가축들도 사자의 냄새를 알건만

그자는 맛보기 전까지 사자의 냄새를 그토록 모르는가?

35 아미르[29]의 저돌적인 공격은 그자[30]의 아들과

처조카와 처남[31]에게 재난을 입혀 그자를 비통케 했다

36 칼은 로마군의 머리와 손목을 자르느라 바빴기에

그자는 칼날을 피한 것에 대해 부하들에게 감사했다

37 칼부림[32] 소리가 알아들을 수 있는 말은 아니지만

그자는 칼이 내리치는 소리의 의미를 이해한다[33]

---

27 시 원문에는 '알두무스투끄(al-dumustuq)'.

28 '로마군 대장이 빈번히 사이프 알다울라에게 저돌적인 공격을 감행하지만 결국 역공을 당해 패주한다'는 의미이다.

29 아미르(amīr) : 무슬림 공동체의 수장, 군사 책임을 맡은 지휘관, 제후, 토후 등의 직위에 사용되는 용어. 여기서는 사이프 알다울라를 가리킨다.(옮긴이)

30 로마군 대장.

31 처남 : 아랍어로 '씨흐르(ṣihr)'. 이 단어는 처가 사람들을 가리키며, '사위'의 의미도 있다.

32 【직】"알마샤리프산(産) 칼(al-Mashrafīyah)" 알마샤리프(al-Mashārif)는 예멘 지역의 마을로 알려져 있다.

33 '로마군 병사들이 무슬림 군대의 칼 공격으로 죽음을 면치 못하고 있음'을 의미한다.

38 그가 당신[34]에게 물자를 내주고도 기뻐함은 무지해서가 아니라,

빼앗기고도 당신에게서 목숨을 건져 전리품을 얻은 자이기 때문[35]

39 당신은 일개 적국 왕을 격퇴한 왕이 아니라

일신교의 수호자이며 다신교를 격퇴한 왕

40 라비아 부족[36]만이 아니라 아드난족[37]이 그[38]를 영광으로 여기고

몇몇 도시들만이 아니라 온 세상이 그를 자랑한다

41 제가 어휘로 표현할 진주眞珠를 지니신 당신께 찬미를 드립니다

당신은 진주를 주시고 저는 그것을 배열하는 시인이니[39]

42 저는 당신의 하사품인 군마를 타고 전쟁터에서 질주하니

당신은 결코 후회하지 않으시고 저 또한 책망 받지 않습니다[40]

43 당신이 주신 군마는 전사들의 함성이 귀에 들리면

---

34 사이프 알다울라.

35 '로마군 대장이 비록 사이프 알다울라에게 패배하고 물자를 빼앗겼지만 자신은 도망쳐 목숨을 건졌다'는 의미이다.

36 라비아(Rabī'ah) 부족 : 사이프 알다울라의 부족.

37 아드난('Adnān)족 : 아랍족 전체를 의미한다.

38 사이프 알다울라.

39 '사이프 알다울라는 전쟁에서 위업과 공적을 쌓아 시의 소재와 의미를 제공하고 나는 그것을 시어로 표현하여 시를 쓴다'는 의미이다.

40 '나는 사이프 알다울라로부터 하사 받은 말을 타고 전쟁에서 용감히 싸우기에 그 말을 받을 만한 자격이 있는 전사'라는 의미이다.

발을 움직여 전쟁터로 새처럼 빠르게 달려갑니다

44 칼집에 넣어두지 않은 칼이신 분이여!

이는 의심의 여지가 없고 아무도 그 칼로부터 살아남지 못하지

45 적의 머리를 치고 영광과 숭고함을 쌓으며

위업을 소망하고 이슬람을 강화하신 당신이 무사하시니 기쁩니다

46 자비의 알라께서 만물을 지켜주시는데 왜 당신의 칼날을 지켜주시지 아니하겠는가?

알라께선 당신이라는 칼로 늘 적의 머리를 동강 내실 것

10. “패기 넘치는 한 왕이 뭇 왕을 두렵게 하여”*

▶ 작품 해제

344/955~6년 동로마 영토에 인접한 변경 지역의 아랍 기병 부대[1]가 사이프 알나울라에게 휴전을 요청하는 동로마 왕의 사신을 대동해 도착한 일과 관련해 지은 시이다. 전반적으로 이 시는 앞선 8번 시(“사신使臣이 당신을 알현하러 왔을 때”)와 상황이 유사하여, 동로마 왕이 사이프 알다울라에게 화해나 휴전을 청하러 사신을 파견한 것에 대해, 적의 무기력하고 굴욕적인 입장을 부각시키고 상대적으로 사이프 알다울라의 당당하고 위압적인 면모를 강조한다.

동로마군은 사이프 알다울라의 줄기찬 공격으로 피해가 커지자 두려

---

* ʿAbd al-Raḥmān al-Barqūqī, *Sharḥ Dīwān al-Mutanabbī*, vol.4, pp.109~115; Abū al-Baqāʾ al-ʿUkbarī, *Dīwān Abī al-Ṭayyib al-Mutanabbī*, vol.4, pp.393~398.

1 당시 동로마 변경 지역의 아랍인들은 상황에 따라 — 특히 사이프 알다울라가 약화된 징조가 있는 경우 — 동로마 편에 가담하기도 했던 것으로 보인다.(옮긴이) “(960~961년 경) 변경 지역의 아랍 아미르들은 비잔티움 편에 섰고, 이븐 자이야트는 타르수스(Tarsus)에서 사이프 알다울라를 언급하지 않고 (압바스조) 칼리프의 이름으로 금요 예배 설교를 했다. 당시 사이프 알다울라의 권력은 알레포에서도 도전을 받고 있었다.” *The Encyclopaedia of Islam*, vol.9, ‘Sayf al-Dawla’.

움을 느껴 애원하며 휴전을 요청하는데(1~6·13행), 이처럼 사이프 알다울라와의 전쟁을 피해 목숨을 구걸하는 행위 자체가 이미 죽은 상태나 다름없고 크나큰 치욕이라고 시인은 조롱한다(14~16행). 이어 휴전 성사 가능성과 향후 사이프 알다울라의 전쟁 구상에 관한 시인의 생각을 피력한다. 사이프 알다울라는 위험에 처해 도움을 청하는 자를 보호하는 데 주저하지 않는 관대한 통치자로(11~12행) 적의 간청을 무시하지 않기에 휴전을 승낙할 것이다. 또한 그동안 사이프 알다울라는 전쟁을 쉬지 않았으므로 휴전에 임할 필요가 있지만(25행), 그의 성격상 휴전 기간은 길지 않을 것이며 그 기간이 끝나면 곧바로 전쟁을 재개할 것으로 시인은 예측한다(26~28행). 끝으로 사이프 알다울라는 작은 성과에 만족하는 다른 왕들과 비교 불가하여 원대한 계획을 실행하는 특출한 왕임을 강조하며 시를 마무리한다(30~31행).

▶ 우리말 번역

1 일찍이 패기 넘치는 한 왕이 뭇 왕을 두렵게 하여
구름이 비를 퍼붓듯 왕들의 사신使臣이 그에게 쇄도한 적이 있었던가?

2 또한 세상이 한 왕에게 순종하여 왕은 앉아 있고,
세월이 왕의 포부를 실현코자 서 있는 경우가 있었던가?

3 사이프 알다울라가 로마인들을 침공차 방문한다면,
간헐적 방문도, 만일 그가 만족한다면 그들에게는 충분할 것[2]

4 운명은 사람들을 대할 때 한 청년의 발걸음을 따르는데
그것은 그의 손에 운명을 제어하는 고삐가 들려 있기 때문

5 사신들은 당신의 보살핌으로 마음 편히 잠을 취하지만
그들을 파견한 왕들의 눈꺼풀은 두려움에 잠 못 이룬다

6 그들이 잠 못 드는 까닭은, 급박한 사태가 있기만 하면
안장과 재갈 없는 군마를 타고 싸우러 가는 분을 두려워하기 때문[3]

7 전투에서 군마는 고분고분하여 고삐 대신 갈기털을 잡고,
채찍으로 때리는 대신 말言로 지시하면 된다

8 제 아무리 훌륭한 말과 창이라 한들
고귀한 인물이 부리지 않으면 아무 소용이 없지

9 당신의 하사품에 불평하는 자들의 험담을 당신이 물리치듯
당신은 얼마나 많이 사신들의 요구 사항을 거절했던가!

10 설령 당신이 순순히 휴전 약속을 주지 않는다 하더라도
적들이 위인偉人에게 도움을 청하러 왔음이 곧 약속을 받는 것

---

2 '사이프 알다울라는 동로마 영토 내 먼 지역을 공격할 때까지 만족하지 않을 것'이라는 의미이다.

3 '사이프 알다울라는 전쟁 발발 시 말에 안장을 올리거나 재갈을 물릴 틈도 없이 신속히 달려간다'는 의미이다.

11 당신을 찾아 온 사람들은 해를 입는 일이 없고

당신의 호의를 기대한 자의 피는 결코 흐르는 일이 없다

12 한 왕이 다른 왕을 두려워하면 당신은 그를 보호해주고,

로마인들이 당신의 칼을 두려워하자 당신은 그들까지 보호해준다

13 그들은 예리한 칼을 든 채[4] 당신에게서 달아나 흩어지고,

애원하는 글을 갖고 당신 주위에 몰려든다

14 삶의 애착은 마음을 유혹해 비굴하더라도

살 길을 택하지만 그것은 바로 죽음이나 진배없는 것

15 생죽음을 당하는 두 가지 경우[5] 중 최악은

치욕을 감수하고 모욕 속에 사는 자의 삶

16 그들이 평화협정을 요청한다면 중재 없이도 되겠지만

그런 요청은 그들에게 굴욕이자 씻을 수 없는 치욕[6]

17 로마인들에게 기대할 수 없던 바를 이루게 해준

변경邊境 지역 기병들에게 은총이 있기를![7]

---

4 예리한 칼을 든 채 : 알오크바리의 해석에 따르면 "당신의 예리한 칼을 피해".

5 비명횡사하는 경우와 치욕을 무릅쓰고 목숨을 부지하는 경우.

6 '사이프 알다울라도 평화협정을 원하고 있어서 언제든 적 진영이 요청하면 응할 수 있지만, 적군은 전투를 며칠간 늦추기 위해 휴전을 요구해왔기에 치욕을 겪는다'는 의미이다.

18 복종하여 당신을 찾아온 기병 부대는 대담했던 바,
만일 복종하지 않았다면 그들은 겁쟁이가 되었을 것

19 그 기병 부대는 군마들과 더불어 오래 전부터
당신의 보호를 받으며 하해河海 같은 은혜를 누려왔다

20 당신이 매번 적군을 공격할 때마다 그들은
행운이 깃든 당신을 위해 찬사와 축언을 연이어 드렸다

21 모든 사람들은 자신들의 지도자를 따르기 마련인데
당신은 위업을 쌓은 모든 이들의 지도자

22 당신께 오는 서신에 대해 당신은 많은 답장을 보냈던 바,
그 답장의 제목을 보니 그것은 '먼지'였다[8]

23 황야는 답신答信이 펼쳐지기 전부터 협소하다
황야에서 답신의 봉인이 아직 깨뜨려지지도 않았건만[9]

24 답서答書에 포함된 단어는[10] 세 가지

---

7 '동로마인들의 요구에 따라 타르수스 지역의 아랍 기병대의 중재를 통해 사이프 알다울라가 휴전에 동의함으로써 동로마인들은 전투를 연기할 수 있었다'라는 의미이다.

8 '적군이 휴전이나 평화를 요청하는 서신을 보냈으나 사이프 알다울라는 흙먼지를 일으키며 가는 군대를 보내 답장을 대신했다'라는 의미이다.

9 '사이프 알다울라의 군대 규모가 워낙 커서 대지가 비좁게 여겨질 정도인데, 하물며 군대가 공격을 위해 군사를 전개하면 광대한 지역에 걸쳐 병사들로 가득찰 것'이라는 의미이다.

그것은 명마名馬와 유연한 창槍과 예리한 칼

25 전쟁의 주역이시여, 당신은 전사들을 지치게 했으니,

잠시 쉬게 하여 칼을 칼집에 넣고 말안장 띠도 풀게 하시지요

26 휴전으로 창들의 수명이 연장된다면,

당신에 속한 창은 기껏해야 한 해 살 수 있을 것[11]

27 당신은 끊임없이 많은 창들을 소멸케 하고

그 창들로써 적의 대군을 소멸시킨다

28 피난민들이 거주지로 돌아가자 당신이 다시 침공하여

그곳에서는 그들의 목과 머리가 칼에 놓이게 되었다[12]

29 그들은 당신이 잡아 가라고 자신들의 아이를 양육했던 바,

이제 여자애는 젖가슴이 올랐고, 남자애는 장년이 되었다[13]

30 경쟁 주자走者들이 당신과 함께 달리다 마침내

---

10 단어는 :【직】"사람들의 알파벳 글자는"

11 '사이프 알다울라는 1년 이상 휴전기간을 두지 않고 곧 전투를 재개하기 때문에 그의 창은 1년 내에 부러지게 되어 있다'는 의미이다.

12 '동로마 지역의 주민들이 전쟁 중에 피난했다가 휴전 후 거주지로 돌아왔으나 사이프 알다울라가 쉴 틈도 주지 않고 다시 그곳을 침공해 피해를 입혔다'는 의미이다.

13 '동로마 주민들의 자식들이 성장하여 사이프 알다울라가 포로로 잡아가기에 적당한 성년에 달했다'라는 의미이다.

목표 지점에 도달해 멈추었지만 당신은 계속 달렸다[14]

31 당신이 빛을 발한 이후로 태양은 빛이 없어졌고

당신이 충일해진 이후로 보름달은 꽉 차지 않게 되었다[15]

---

14 '사이프 알다울라는 다른 왕들의 목표를 뛰어넘는 성과를 달성하는 지도자'라는 의미이다.

15 '사이프 알다울라에 비해 다른 왕들의 역량과 품격은 현격히 떨어지고 부족하다'는 의미이다.

11. "바람은 적군 사이로 시신의 머리카락을 날리고"*

▶ 작품 해제

344/955년 무슬림 군대가 차지한 알하다스 성채 지역이 로마군 대장[1]이 이끄는 동로마군에 의해 포위되었다는 소식을 듣자 사이프 알다울라는 적을 막기 위해 지원 군대를 출병시켰다.[2] 이와 관련해 지은 이 시에서 알무타납비는 사이프 알다울라의 신속한 출병 결정에 힘입어 동로마군의 공격으로부터 알하다스성을 지킬 수 있다는 자신감을 군대에게 불어넣는다.

늘 전쟁에 대비해 만반의 준비를 갖춘 사이프 알다울라는 신속하게 알하다스성으로 가서 동로마군의 공격으로부터 성을 지키려 한다(1~8행). 동로마 왕은 자신의 영토를 위협하는 알하다스성 때문에 노심초사하여 성을 파괴하고자 군대를 동원했다(9~12행). 대규모의 적군은 단기간에 성을 함락하려 했지만 사이프 알다울라의 철저한 대응으로 괴멸되고 자

* ʿAbd al-Raḥmān al-Barqūqī, *Sharḥ Dīwān al-Mutanabbī*, vol.3, pp.253~266; Abū al-Baqāʾ al-ʿUkbarī, *Dīwān Abī al-Ṭayyib al-Mutanabbī*, vol.3, pp.134~147.

1 도메스티쿠스 바르다스 포카스.

2 이와 관련해서는 이 책의 126쪽, 각주 1번 참조.

신들의 무기를 빼앗겨 무슬림군의 전리품이 된다(14~19행). 동로마군은 이전 전투에서도 여러 번 사이프 알다울라에게 당했던 기억이 살아나 지레 겁을 먹고 패배의 기운이 역력하다(20~30행). 적군은 어리석게도 사이프 알다울라의 탁월한 전쟁 수행 능력을 제대로 파악하지 못하여 패배를 자초하는 우를 범한다(31~36행). 이처럼 알무타납비는 적군을 무기력하게 묘사하는 한편, 사이프 알다울라와 그의 군대의 강인한 면모를 드러낸다. 사이프 알다울라는 적과 수많은 전쟁을 벌여야 하는 자신의 운명을 받아들여 성을 지키는 사명을 수행하고(37~41행), 그의 군사들은 사자처럼 용맹하여 적을 격퇴할 것임을 확신하는 어조로 시는 끝을 맺는다(42~45행).

▶ 우리말 번역

1 이것이 당신의 위업이니, 위업을 이루려는 자는 그렇게 행하라
그렇게 하지 않으면 위업을 이룰 수 없으니

2 당신이 지닌 고귀함의 두 뿔은 별을 찌르고,
당신의 확고부동한 권위는 산을 근심케 한다

3 적군의 군비 태세도 우수하지만
예리한 칼을 쥔[3] 사이프 알다울라는 더 우수하다

---

3 예리한 칼을 쥔: 다른 번역은 "정복(征服) 왕들의 후손인"

4 그의 척후병에 앞서 적군이 공격했을 때마다
그의 군마들이 서둘러 적을 선제공격했다[4]

5 군마들은 대지의 먼 거리를 횡단해
무기와 용사들을 싣고 적진에 당도했다

6 군마들의 색깔이 먼지로 가려졌고
먼지가 말의 얼굴에 베일을, 등위에 덮개용 천을 짰다

7 군마들의 가슴팍과 창날들은 그와 함께
살벌한 전쟁에 뛰어들기로 그에게 서약했다

8 또한 창들이 움직일 공간도, 군마들이 뛸 장소도
없는 전쟁터로 가기로 서약했다

9 나는 로마 왕 라운의 아들[5]을 책망하지 않으련다
성城을 파괴하려는 그자의 바람은 실현 불가능하기에

10 그자[6]는 자신의 두 귀 사이에 놓인 건물[7] 때문에 근심했다

---

4 '동로마군의 알하다스성 공격 첩보를 입수한 이슬람군 척후병이 이를 사이프 알다울라에게 알리기 전에 동로마군이 성을 공격하려 했지만 사이프 알다울라의 기병대가 신속하게 성에 도착해 적군을 격퇴했다'는 의미이다.

5 라운의 아들(Ibn Lāwun) : 레온 6세(Emperor Leo VI)의 아들로, 동로마 제국의 황제 콘스탄티노스 7세(Constantine Ⅶ, 913~959 재위)를 가리키는 것으로 보인다.(옮긴이)

6 동로마 왕.

그것을 지은 사람은 하늘같은 숭고함을 원해 얻었던 분[8]

11 그자가 머리 위의 건물을 끌어내리려 할 때마다
건물은 커져서 그의 이마와 뒤통수까지 덮어버렸다[9]

12 그는 건물 사방에 로마족, 슬라브족, 불가리아족을 모으고,
당신은 그들이 운명殞命할 시간을 모은다

13 마치 목마른 자가 비 내리는 대지로 서둘러 가듯
당신은 갈색 창으로 적들에게 죽음을 가져온다

14 적군은 성벽을 파괴하러 왔다가 성벽을 쌓은 격이 되었고,
그[10]가 성에 잠시 머물게 하려다가 오래 머물게 했다[11]

15 적군은 전쟁 무기를 가지고 왔다가 패주하면서
무기를 성에 내버려두어 도리어 화를 당했다[12]

16 당신에게 문제가 생기면 당신은 그 행위자들을

---

7 알하다스성을 가리킨다.

8 사이프 알다울라.

9 '사이프 알다울라가 세운 알하다스성이 동로마 왕을 위협하며 심리적으로 압박했다'는 의미이다.

10 사이프 알다울라.

11 '사이프 알다울라가 적의 공격에 대비해 성을 보강하고 그곳에 더 오래 머물게 되었다'는 의미이다.

12 '성안의 아군이 적의 무기를 노획해 그것으로 적을 격퇴했다'는 의미이다.

칭찬하지 않지만 그 행위에 대해서는 칭찬한다[13]

17 당신을 겨냥해 적군 활에서 발사된 화살들은

당신에게서 적군 궁수들의 심장으로 되돌아갔다[14]

18 적군은 통로를 점령해 아군의 전령을 차단했으나,

소식 차단은 오히려 전황을 알려주는 전령이 되었다

19 적군은 파고波高 높은 바다처럼 많지만

대양 같은 당신의 대군 앞에서 아지랑이 신세가 되었다

20 적군은 당신과 싸우지 않고 패퇴한 것은 아니지만

이전에 당신에게 당했기에 겁을 먹고 패퇴한 것

21 이전에 당신 손으로 적군의 목을 쳤던 칼이

이번에도 승리에 대한 적군의 기대를 절단해버렸다

22 오래전 적군이 보였던 항전은 별 소용이 없었기에

불퇴不退의 의지를 지닌 적군은 이번에도 패배할 것을 알았다

---

13 '적을 칭찬할 필요는 없지만 적이 무기를 두고 간 행위는 아군에게 도움이 되었다'는 의미이다.

14 '아군이 적에게서 얻은 활과 화살로 적을 공격했다'는 의미이다.

23 적군은 이전의 전투 장소에 당도하자,

지난번 친척 사람들이 당했던 일을 기억하고 통곡했다

24 바람은 적군 사이로 시신의 머리카락을 날리고,

시신들의 잘린 신체 부위를 흩어 놓는다

25 시신들은 적군에게 그곳에서 시체가 되리라 경고하고,

그들의 신체 부위도 절단될 것임을 본보기로 보여준다

26 적군은 전투에서 창을 보기도 전에 겁을 먹어

상상으로 심장이 연이어 창에 찔리는 것을 보았다

27 적 기병대는 창으로 당신을 공격하면서도

멀리 있는 당신의 창이 자신들에게 닿을 것으로 착각했다[15]

28 공포심이 오른손을 적의 우익군에,

왼손을 좌익군에 내뻗는 것으로 느껴 적군은 도주했다

29 두려움에 적군은 손이 떨려 손에 칼을 들고 있는지

수갑을 들고 있는지 분간하지 못한다

---

15 【직】“적 기병대는 당신을 창으로 공격하려 할 때 / 수마일 떨어져 있으면서도 (당신의) 창대들을 보았다”

30 당신 얼굴은 적군의 얼굴들을 창백하게 했고,[16]
당신의 얼굴에는 미모와 수려함이 더해졌다

31 적군은 육안으로 실전을 목격하자
망상이 사라졌고 전의를 잃게 되었다[17]

32 광야에서 겁쟁이는 혼자 있으면 착각하여
혼자서 칼을 들고 싸우려든다

33 적군은 당신을 이성적으로[18] 보고자 맹세했던 바,
그것은 빈번히 두 눈이 그들에게 거짓말을 했기 때문[19]

34 누군가[20] 당신을 주시한다면 당신과 일전을 하지 않을 것이며
누군가[21] 당신을 응시한다면 당신을 다시 보려 하지 않을 것

35 저주받을 그자[22]는 당신이 적군을 격퇴할 것임을 의심하지 않건만

---

16 창백하게 했고 : 【직】 "두렵게 했고"
17 '적군은 사이프 알다울라와 일전을 벌여 승산이 있다고 생각했으나 막상 전투를 해보니 그것이 착각이었음을 알게 되었다'는 의미이다.
18 이성적으로 : 【직】 "마음으로"
19 '적군은 맨눈으로 보아 자신들이 수적으로 우세하여 사이프 알다울라를 이길 수 있다고 여겼다가 전투에서 패하고 나자 사이프 알다울라에 대해 냉철하게 분석한 뒤 그의 위력(威力)을 알게 되었다'라는 의미이다.
20 【직】 "어떤 눈이"
21 【직】 "어떤 시선이"
22 동로마 왕을 가리킨다.

자신의 군대를 당신에게 선물로 보내는 우를 범하는가?

36 땅에 덫을 놓아 초승달을 잡으려는
사람은 대체 얼마나 어리석은 자인가?

37 험준한 산과 강 부근에 위치한 이 성채를
산전수전 다 겪은 용사[23]가 지키고 있으니[24]

38 그는 성을 운명과 뭇 왕들로부터 구해냈고,
운명의 뺨에 애교점愛嬌點이 되도록 성을 세웠다

39 성채는 신부新婦처럼 도도한 발걸음으로 걷고,
세월에게 교태를 부리며 몸을 흐느적거린다

40 그는 창대 마디마디가 곧은 창으로
세월의 압제와 공포로부터 성채를 지켜냈다

41 또한 그는 금지 사항과 허용 사항을 구별하여
죽여도 무방한 자들을 멸하는 칼로 성채를 지켰다

---

23 사이프 알다울라.

24 【직】"알다릅과 알아흐답산과 알나흐르 근처에 있는 그곳에는 / 여러 가지 일을 했다가 그만 두었던 (경험 많은) 자가 있다"
알다릅과 알나흐르는 지명이고, 알아흐답은 알하다스성에서 가까운 산이다.

42 사자獅子 병사들로 구성된 용감한 그의 대군은

적군을 먹이 삼아 사냥하고 재물을 빼앗는다

43 병사들의 실체는 맹수와 같아

적군 앞에 드러내거나 모습을 감춘 채 적을 죽인다

44 상대를 제압해 강제로 물건을 빼앗을 수 있는 자는

상대에게 간청하여 물건을 얻지 않지

45 자신의 목적을 이루려는 사람은 누구나

용맹한 사자처럼 되기를 바라기 마련

12. "승리를 장담하는 맹세의 결과는 후회뿐"*

▶ 작품 해제

345/956년 동로마군 대장 이븐 슈무쉬끼끄[1]는 알다릅[2]에서 사이프 알다울라의 군대를 상대하겠다고 동로미 황제 앞에서 시약하고 병력 지원을 요청해 전투에 나섰다가 참패했다. 알무타납비는 호언장담의 허세

* 'Abd al-Raḥmān al-Barqūqī, *Sharḥ Dīwān al-Mutanabbī*, vol.4, pp.129~142; Abū al-Baqā' al-'Ukbarī, *Dīwān Abī al-Ṭayyib al-Mutanabbī*, vol.4, pp.15~26.

1 이븐 슈무쉬끼끄(Ibn Shumushqīq) : 후에 비잔티움의 황제(969~976 재위)가 된 요안니스 1세 치미스키스(John I Tzimisces). 954년 가을, 사이프 알다울라는 로마군 대장 바르다스 포카스의 군대에 승리하고 알하다스성의 재건을 완료했고, 이 성을 이용해 955년 여름에 있은 비잔티움 군대의 공격을 성공적으로 막아냈다. 노쇠한 로마군 대장 바르다스 포카스는—후에 황제가 되는—그의 아들 니키포로스 2세 포카스(Nicephorus II Phocas)로 교체되었고, 니케포로스는 동생 레오(Leo)와 아르메니아인 요안니스 치미스키스의 지원을 받았다. 956년 봄, 히쓴 지야드(Ḥiṣn Ziyād)와 탈 비뜨릭(Tall Biṭrīk)에서의 군사 원정을 마치고 전리품을 갖고 돌아오는 사이프 알다울라를 치미스키스가 공격하려했으나 사이프 알다울라가 공병대가 마련한 구조물을 이용해 강을 건너면서 승리를 거두었다. *The Encyclopaedia of Islam*, vol.9, 'Sayf al-Dawla'.

2 알다릅(al-Darb) : 타르수스와 동로마 변경 지대 사이의 좁은 지역. 956년 사이프 알다울라는 탈 비뜨릭에서 치미스키스를 공격해 승리한 뒤, 돌아오는 중에 알다릅에서 로마군 대장과 치미스키스를 상대로 싸워 승리했다. Yāqūt al-Ḥamawī, op. cit., vol.2, 4741-'al-Darb'; http://ar.wikipedia.org/wiki (Wikipedia al-Mawsū'ah al-Ḥurrah) 'al-Dawlah al-Ḥamdānīyah'.

를 부린 동로마군 대장을 조롱하는 한편, 말보다 실천을 중시하고 전투에서 용맹을 발휘하는 사이프 알다울라를 칭송한다. 이 시는 전쟁에서 중요한 것은 진정한 용기와 실전 수행 능력이지, 맹세나 허황된 자신감에 있지 않음을 말한다. 사이프 알다울라는 전자의 특성을 지닌 통치자인 반면, 동로마군 대장은 후자에 속하여 양자 간 전투의 결과는 명약관화하여 이슬람군의 승리로 귀결된다.

이븐 슈무쉬끼끄는 사이프 알다울라와 일전을 벌여 결사항전으로 승리하겠다고 맹세했지만 막상 전투에서 패해 결국 거짓 약속을 일삼는 자로 낙인이 찍힌다(1~3·7행). 반면에 사이프 알다울라는 빈말을 하지 않고 실행을 중시하여 쉼 없이 전쟁을 수행하는 통치자로(4~5행), 망상에 빠진 적군에게 본때를 보여줌으로써 진정한 용맹함은 전쟁 수행 능력에 있음을 가르쳐 준다(8~9행). 적군은 거짓 맹세 외에도 사이프 알다울라의 군사 상황에 대한 막연한 추측과 안일함에 사로잡혀 있었다(11~14행). 반면에 이슬람 군대는 뜨거운 햇살을 견디며 전쟁터로 달려가고(19~20행), 용맹하게 싸우다 죽는 것을 명예로 여긴다(27행). 더욱이 사이프 알다울라는 지략을 발휘해 적을 속이고(35행), 신속한 결정을 내려 급습하였다(36행). 동로마군은 사이프 알다울라의 공격을 막아낼 방도가 없어 패주하고, 포로로 잡힌다(21~25·29~33·39~41행). 결국 동로마군 대장은 승전의 맹세나 약속은 전쟁에서 무의미함을 깨닫는다(42행).

끝으로 사이프 알다울라야말로 향락을 멀리하고 동로마와의 전쟁에 일생을 바치는 진정한 이슬람의 영웅임을 강조하고(47~54행), 시인 자신의 시적 역량을 과시한다(55행).

▶ 우리말 번역

1 전투에서 승리를 장담하는 맹세의 결과는 후회뿐
맹세만 한다고 네[3]게 없는 용맹이 생기겠는가?

2 네가 언약한 바를 이루겠다는 맹세는
네가 약속 이행에서 거짓말쟁이라는 증거

3 젊은 이븐 슈무쉬끼끄는 승리를 맹세했지만
한 장정[4]에 패해 맹세를 어겼고 서언誓言은 잊혀졌다

4 관대한 실행가인 그[5]는 원하는 일을 실천하기에
어떤 일을 하겠다는 맹세를 필요로 하지 않는다

5 모든 칼은 전쟁에서 오랫동안 싸우면
무뎌지지만 '왕국의 검'[6]만은 예외이다

6 만일 군마가 그를 나르지 못할 정도로 지치면
강한 결의가 그를 적에게 날라다 줄 것

---

3 3행에 나오는 동로마군 대장 이븐 슈무쉬끼끄를 가리킨다.
4 사이프 알다울라.
5 사이프 알다울라.
6 군주 사이프 알다울라의 의미는 '왕국의 검'이다.

7 로마군 대장들이 자신들의 왕 앞에서 한 맹세와

결사항전을 다짐했던 허언虛言은 어디로 갔는가?

8 그는 예리한 칼로 적군의 맹세가 거짓임을 밝힌 바,

적의 머리통을 후비는 칼은 입 안에서 움직이는 혀 같다[7]

9 그의 칼은 적군의 머리를 치면서 그의 용맹에 관해

그들이 알든 모르든 그 모든 것을 알려준다

10 당신[8]은 모든 도시를 와바르[9]나 이람족[10]처럼 폐허로 만든 뒤

그곳에서 말굽이 해진 채 군마들을 돌아오게 했다

11 가령 탈 비뜨릭[11] 지역 주민들은 당신의 거처가

낀나스린[12]과 알아잠[13]에 있다고 착각하고 있었다[14]

---

7 【직】"그는 예리한 칼들로 하여금 적군의 맹세가 거짓임을 보이도록 하였다 / 칼은 혀가 되고, 혀의 입은 적의 머리가 되었다"

8 사이프 알다울라.

9 와바르(Wabār) : 전설과 혼재된 아랍 역사에 기록된 아라비아 반도의 고대 부족들 중 하나. *The Encyclopaedia of Islam*, vol.11, 'Wabār'.

10 이람('Iram) : 고대 시가에서 언급된 부족으로, 꾸다르 알아흐마르(Qudār al-Aḥmar)라는 자에 의해 파멸했다고 전해진다. 또는 코란에 언급된 고대의 도시 또는 부족 이람 다트 알이마드('Iram dhāt al-'imād 기둥이 있는 이람)를 가리키는 것으로 보기도 한다. 한 이야기에 따르면 샷다드 이븐 아드(Shaddād ibn 'Ād)라는 자가 천국을 모방하여 (예멘 남부의) 아덴(Aden) 근처에 이 도시를 건설했다가 그의 오만함에 대한 (신의) 징벌로 폭풍이 불어와 그는 죽고 도시는 모래 속에 묻혔다고 한다. Ibid., vol.3, 'Iram'.

11 탈 비뜨릭(Tall Biṭrīq) : 동로마 역내의 도시.

12 낀나스린(Qinnasrīn) : 시리아 지역 내 알레포 권역의 도시.

13 알아잠(al-'Ajam) : 시리아 지역 내 도시.

14 '사이프 알다울라가 있는 곳이 동로마 도시에서 아주 멀리 있어, 그 도시 주민들은 그가

12 그들은 알레포의 등불인 당신이

다른 곳으로 가면 알레포에 어둠이 오리라 오산했다[15]

13 그들은 태양과 같은 당신의 존재에 무지했고,

망상에 사로잡혀 죽음과 같은 당신을 불러왔다[16]

14 당신의 군대가 목전에 몰려왔는데도

사루즈[17]는 눈을 크게 뜨고 있지 않았다[18] [19]

15 먼지가 하란 지역의 넓은 대지를 뒤덮고,

태양은 여인처럼 때로 얼굴을 드러내다가 다시 가린다[20]

16 먹구름이 비를 품고 알란 성채[21]를 지난다[22]

인색하지 않은 비구름은 응징의 비를 적에게 퍼부을 것

먼 거리를 횡단해 침공하리라고는 예상하지 못하고 있었다'는 의미이다.

15 '동로마인들은 당신이 알레포를 떠나면 그곳 사람들이 반란을 일으킬 것으로 착각하고 있었다'는 의미이다.

16 '사이프 알다울라는 태양빛과 같아 모든 지역까지 그의 영향력이 미치고, 또한 장소를 불문하는 죽음처럼 멀리 있는 적지도 파멸시킬 수 있다'는 의미이다.

17 사루즈(Sarūj) : 오늘날 터키 남부의 우르파(Urfa) 주에 있는 도시로, '하란'에서 가깝다. http://ar.wikipedia.org/wiki(Wikipedia al-Mawsū'ah al-Ḥurrah) 'Sarūj'.

18 다른 번역 : "'사루즈'는 당신의 군대가 그곳의 목전에 몰려왔는데도 / 아침을 맞이하고 있지 않았다"

19 '적군이 방심하고 있었다'는 의미이다.

20 '사이프 알다울라의 대군과 적군 간의 전투로 일어난 먼지가 넓게 퍼졌다'는 의미이다.

21 이 책의 75쪽, 각주 30번 참조.

22 '사이프 알다울라의 대군이 적 지역을 공격하러 가는 도중에 알란 성채를 지나갔다'라는 의미이다.

17 사방으로 펼쳐진 대지에 대군이 긴 대열을 이루어

마치 당신의 군대는 대지와 길이를 겨루는 듯

18 대지의 산이 하나 지나가면 다른 산이 나타나고,

군대의 기旗 하나가 지나가면 다른 기가 나타난다[23] [24]

19 천랑성天狼星이 뜰 때 아침 햇살은 호리한 군마의 재갈 쇠를 달구고,

뜨거워진 굴레로 말 콧등에 낙인烙印이 찍혔다

20 군마들이 심닌[25]의 호수에 도착해 물을 마실 때

입안의 재갈 쇠가 물에 닿자 끓는 소리가 난다

21 군마들은 힌지뜨[26]의 여러 마을을 누비고 다녔고,

칼날은 비옥한 초원에서 적의 머리털을 풀로 삼아 뜯어댔다[27]

22 그곳에서 칼은 땅 밑에 숨은 눈 달린 두더지와

발 달린 송골매를 그냥 놔두지 않았다[28]

---

23 【직】“대지의 기(旗) 하나가 가버리면 다른 기가 나타나고, / 군대의 기 하나가 가버리면 다른 기가 나타난다”

24 ‘대지 위의 산들이 계속 나타날 만큼 대지가 광활하고, 부대의 깃발들이 연이어 보일 만큼 군대의 규모가 크다’는 의미이다.

25 이 책의 74쪽, 각주 27번 참조.

26 이 책의 74쪽, 각주 27번 참조.

27 칼로 적의 머리를 치는 것을 가축이 풀을 뜯는 것에 비유하고 있다.

28 ‘사이프 알다울라의 군대가 땅굴이나 산속에 숨은 동로마 군사들을 모두 섬멸했다’는 의미이다.

23 칼은 갑옷 같은 갈기털이 있는 사자獅子와,

미모의 하녀들을[29] 거느린 암컷 들소도 그냥 두지 않았다[30]

24 평지나 언덕배기 할 것 없이 대지의 모든 은신처는

숨으려는 적군을 칼날에 내던져 버린다[31]

25 그들은 아르사나스강[32]을 단단히 쥐고 건넜지만

강은 자신도 지키지 못하는데 어찌 그들을 지켜준단 말인가?[33]

26 그들의 바다가 제아무리 넓어도 당신을 막지 못하며,

그들의 산이 제아무리 높다 한들 당신을 가로막지 못할 것

27 당신이 이끄는 군마들은 가슴팍으로 강물을 헤치며

용맹스런 죽음이 곧 생生이라 믿는 전사들을 태우고 간다

28 군마들의 윗가슴팍에서 파도가 물러나 피하는데,

그것은 군마로 몰아대자 가축 떼가 놀라 달아나는 것 같다

---

29 미모의 하녀들을 : 【직】 "자신을 닮은 하인들을"

30 '용감한 적군을 죽이고, 고귀한 신분의 아름다운 여인들을 취했다'는 의미이다.

31 '적군이 어느 곳에 숨더라도 아군의 칼날을 피하지 못한다'는 의미이다.

32 아르사나스(Arsanās)강 : 동로마 영토에 있는 강으로, 물이 차가운 것으로 알려졌다. 956년 사이프 알다울라가 동로마 영토의 힌지뜨를 공격하고 나서 이 강을 건넜고, 알무타납비가 이에 관해 칭송시에서 언급했다. Yāqūt al-Ḥamawī, op. cit., vol.1, 450-'Arsanās'; http://ar.wikipedia.org/wiki(Wikipedia al-Mawsūʻah al-Ḥurrah) 'al-Dawlah al-Ḥamdānīyah'.

33 '사이프 알다울라가 어떻게 해서라도 강을 건너 적군을 추격한다'는 의미이다.

29 당신이 군 선두에서 강을 건너 공격한 도시[34]에서

주민들은 송장이 되었고 거주지는 잿더미가 되었다

30 군사들의 손에는 배화교拜火敎 이전부터

이날까지 숭배되어 온 타오르는 불[35]이 들려 있다

31 칼날로 사람들을 소인배로 만들기도 하고

대인배로 만들기도 하는 인도印度 칼

32 당신은 칼과 더불어 탈 비뜨릭을 나누어 가진 바,

칼은 그곳의 적군 용사들을, 당신은 어린애들과 여자들을 가졌다

33 선박은 포로들을 싣고 파도의 거품을 만나고,

배의 윗부분에는 흰 포말이 산산이 올라온다[36]

34 흑마[37]의 기병들은 군마의 복부에 탄다[38]

군마는 지쳐있건만 고통은 말이 아니라 기병 무리에게 있다[39]

---

34 탈 비뜨릭 도시를 가리킨다.

35 불은 칼의 비유이다. 불과 칼은 빛을 발하고 파괴력을 갖는다는 점에서 유사하다.

36 【직】"집 근처의 군마는 그들을 싣고 파도의 거품을 만나고, / 군마의 윗입술에는 포말로 된 흰 부위가 있다" '집 근처의 군마'는 기병의 집 근처에 두어 곧바로 전투에 뛰어들 준비가 된 군마를 가리키는 것으로, 이 시행에서는 선박을 의미한다. 이 시행은 배에 포로를 싣고 물을 건너는데 파도의 포말이 일어나 선박의 높은 부분까지 닿는 장면을 그리고 있다.

37 흑마는 역청이 칠해진 검은 색 선박의 비유이다.

38 '기병들이 말 등에 앉듯이 선원들이 배 안에 타고 있다'는 의미이다.

35 당신은 군마를 이용해 적군을 속였다.

말의 기질이나 외모를 지니고 있지 않은 군마로[40]

36 영민한 자가 말귀를 금방 알아듣는 것만큼

그 공격은 신속하게 당신이 결정을 내린 결과

37 알다릅에서 함성 가득한 아침

적군은 당신을 보고자 했건만 막상 보고 나자 눈이 멀었다[41]

38 대군으로 적을 친 당신은 말 이마의 흰 점[42] 같고,

병사들의 수많은 창들은 얼굴에 드리운 머리카락 같다

39 확고부동하게 버티던 적군의 육신들이

당신 주위에서 꺼꾸러지고 영혼들이 패주敗走한다

40 아으와즈산産 말[43]들이 적군을 뒤쫓아 길을 가득 채우고

칼들이 그들 머리 위에서 하루를 가득 채운다

41 칼들이 일제히 공중으로 솟아올라 일격을 가하면

---

39 '선원들이 배에서 일하느라 고통을 겪는다'는 의미이다.

40 '선박을 이용해 아군을 적 진영으로 실어 날라 적군을 공격했다'는 의미이다.

41 '적군이 당신의 탁월한 통찰력과 판단력에 놀라 크게 당황했다'는 의미이다. 또는 '적군이 당신의 위엄에 놀라 당신에게 시선을 둘 수 없을 만큼 어찌할 바를 몰랐다'는 의미이다.

42 말 이마의 흰 점은 무리를 대표하는 지도자를 의미한다.

43 아으와즈산(産) 말(al-'A'wajīyah) : 힐랄 부족(Banū Hilāl)의 명마.

적군의 정수리들이 일제히 공중에서 맞부딪친다

42 이븐 슈무쉬끼끄는 패퇴는 없다던 자신의 맹세를 포기했다
그는 참패를 당했고 맹세가 그를 비웃는다

43 그는 자신의 영혼을 위한 긴 호흡을 원치 않고,
운명에게서 짧은 호흡만을 훔쳐내 가로채려 한다[44]

44 긴 갑옷이 기병들의 창으로부터 그를 막아주고,
창날들에서 피가 비처럼 갑옷 속으로 떨어져 흐른다[45]

45 창머리들은 갑옷을 뚫지 못한 채 그 위에 선을 그어
마치 갑옷 위의 창날은 종이 위의 연필 같다

46 그를 감춰주는 나무에 비가 내리지 않기를!
만일 그가 나무에서 실족하면 독수리 떼가 그의 몸을 덮칠 것

47 뭇 왕들은 술 마시며, 현악기와 노래를 듣고 즐기느라
당신이 원정에서 이룩한 공적에 무관심했다

48 당신은 알라께 감사드리며 칼을 차고 돌아온 바,

---

44 '오래 살기보다는 빨리 죽고 싶은 심정'을 나타내고 있다.
45 창날들에서 ~ 흐른다 : 다른 번역은 "창날들이 궂은비처럼 갑옷 위를 때린다"

이보다[46] 확실히 복락福樂을 지속시켜주는 것은 없다

49 로마군의 피가 당신에게 복종했다

당신이 적군을 초대해 아직 싸우지도 않았건만 피가 응했다[47]

50 그가 적군을 죽이는 일에 모든 재난과 경쟁하느라

그들은 제명命에 죽지 못하고 노년기를 갖지도 못한다[48]

51 몽상과 안락에 머무르지 않는 결의決意가

알리[49]의 눈꺼풀에서 잠을 내쫓았다

52 참된 종교를 따르고 과업을 실행하는 왕

아랍인과 타민족이 그의 실천력과 깊은 신앙심을 증언했다

53 그는 칼로써 나즈드[50]의 기병들을 흙먼지에 나뒹굴게 했고,

쿠파와 메카를 통치했던 분[51]의 아들

54 그분을 본 뒤에는 더 이상 관대한 사람을 찾지 말자

---

46 【직】 "그 두 가지보다" 두 가지는 알리를 향한 감사와 칼을 가리킨다.

47 '수많은 적군이 사이프 알다울라에게 죽임을 당했다'는 의미이다.

48 '사이프 알다울라가 전쟁에서 젊은 적군 병사들을 죽음에 이르게 한다'는 의미이다.

49 사이프 알다울라.

50 나즈드(Najd) : 아라비아 반도의 중부에 있는 평원 지역.

51 '사이프 알다울라의 부친인 아부 알하이자(Abū al-Hayjā')가 까르마트파와 전투를 벌여 그들을 섬멸하고 쿠파와 메카 지역을 통치했던 일'을 말한다. 까르마트파에 관해서는 이 책의 20쪽, 각주 13번 참조.

관대한 이들의 시대는 가장 너그러운 그분을 최후로 끝맺음되니

55 그분의 시인[52] 이후로 그 어떤 시에도 관심을 갖지 마시오
시어가 진부해져서 차라리 귀머거리로 지내는 게 나을 정도이니

52 알무타납비 자신을 가리킨다.

13. "그의 대군이 일으키는 먼지로 시야가 가려도"*

▶ 작품 해제

이 시는 사이프 알다울라가 345/956~7년 동로마 영토에 들어가 전투를 벌이고 나서 귀환할 때 지어진 칭송시로 알려져 있다. 이 전투와 관련된 자세한 역사적 사실은 아랍어 출처에 언급되지 않았지만, 이 시에서 약 30여 행에 걸쳐 사이프 알다울라가 군대를 이끌고 강을 건너 동로마 영토를 침공해 전투를 벌인 내용이 나와 있다.

시의 첫 부분에서 시인은 전쟁에서 용기 외에 이성理性의 중요성을 강조하고, 사이프 알다울라는 탁월한 식견과 판단력을 지닌 지략가이며(1~6행), 전쟁을 습관이자 천직으로 여기는 인물임을 밝힌다(7~11행). 이어 시의 상당 부분(12~45행)에서는 동로마군과의 전쟁에서 사이프 알다울라의 기병대를 중심으로 용맹스런 무슬림 군대의 활약에 대해 다룬다. 그의 군대는 배를 타거나, 군마에 올라탄 채 강을 건너 적지로 들어가 공격한다. 강 건너편 동로마 지역은 바다처럼 큰 강이 막아주어 안전했지

---

* 'Abd al-Raḥmān al-Barqūqī, *Sharḥ Dīwān al-Mutanabbī*, vol.4, pp.307~317; Abū al-Baqā' al-'Ukbarī, *Dīwān Abī al-Ṭayyib al-Mutanabbī*, vol.4, pp.174~185.

만 함단조의 사이프 알다울라가 이끄는 군대는 거친 강을 두려움 없이 건너 공격한다(12~25행). 겸손하고 적으로부터 무슬림들의 지역과 이슬람을 지키는 사명을 수행하는 함단조(26~29행) 군대는 적의 대군을 상대로 힘든 전투를 벌인 끝에 적에게 큰 인명 손실을 입혔다(30~45행). 끝으로 시인은 사이프 알다울라야말로 아랍인의 자부심을 상징하는 지도자임을 강조하고, 개인적으로 주군의 환대에 깊이 감사한다(46~49행).

▶ 우리말 번역

1 식견識見이야말로 용맹스런 자의 용기에 앞선다
식견이 첫 번째이고 용기는 두 번째[1]

2 만일 강인한 남자가 두 가지를 겸비한다면
그는 숭고함에서 최상의 반열에 이르게 될 것

3 아마도 그 장정은 상대편과 창 대결을 하기 전
계책으로 자신의 적수들을 찌를 것

4 이성理性이 없다면 저열한 사자獅子가
인간이 지닌 숭고함의 덕목에 가까워질 것

---

1 '전쟁에서는 판단력이 용맹함보다 중요하여, 전사가 생각하지 않고 용기만 내세우다 보면 자칫 화를 당할 수 있다'는 의미이다.

5 또한 사람들 간에 우열을 가릴 수 없고
무장한 전사도[2] 탄력 있는 창의 끝을 다룰 수 없을 것[3]

6 칼과 동명同名인 분[4]과, 그의 예리한 판단력이 없다면
칼은 칼집에서 뽑히지 않은 채 칼집마냥 있을 것[5]

7 죽음을 경시해서인지, 망각해서인지도 모른 채
그는 칼을 들고 죽음에 뛰어들었다

8 그는 숭고한 목표를 달성하려 힘썼던 바,
당대와 전全 시대에 아무도 그의 위업에 미치지 못했다

9 당대 사람들은 집에 있는 좌석을 택하지만
그는 말안장이 장정의 좌석이라고 여긴다

10 그들은 창으로 장난치는 것을 전쟁이라고 여기는데
전쟁에서의 창 싸움은 장난하듯 찌르는 것과는 다르다[6]

---

2 무장한 전사도: 【직】 "무장한 전사의 손이"

3 '이성이 없다면 사람들 간에 우열을 가릴 수 없고, 용감한 병사라도 전투에서 무기를 제대로 사용하지 못할 것'이라는 의미이다.

4 사이프 알다울라.

5 '전쟁에서는 무기 자체가 아니라 그것을 사용하는 자의 역량이 중요한 바, 사이프 알다울라는 예리한 판단력으로 무기를 부릴 수 있는 자'라는 의미이다.

6 '사이프 알다울라는 진지한 자세로 적과의 전쟁에 임하는 반면, 다른 이들은 태만한 자세를 보인다'는 의미이다.

11 그가 자신의 군마들을 싸움터로 이끌고 가는 것은,

자신의 습관이자 고향으로 데리고 가는 것일 뿐[7]

12 우수한 품종의 군마들은 멋진 모습으로

주인의 심중에 있는 걱정거리를 가시게 한다

13 그의 군마들은 풀어놓아도 매어있는 듯하고

이름을 부르면 충분해 고삐를 잡아끌 필요가 없다[8]

14 그의 대군이 일으키는 먼지로 시야가 가려도

그의 군마들은 눈이 아닌 귀로 보는 듯하다

15 승리에 익숙한 그가 군마들을 몰고 먼 지역을 공격하는데

아무리 먼 곳도 그에게는 가깝게 보인다

16 마치 군마의 뒷다리는 만비즈 땅에 있고,

앞다리는 알란 성채에 두고 있는 듯하다[9]

17 군마들은 아르사나스강[10]을 빠르게 헤엄쳐 건너느라

---

7 '그는 평소 습관처럼, 또한 고향에 가듯이 늘 적과의 전쟁을 수행했다'는 의미이다.

8 '군마들이 전쟁에 대비해 훈련이 잘 되어 있다'는 의미이다.

9 만비즈(Manbij)는 시리아 지역에, 알란 성채(Ḥiṣn al-Rān)는 동로마 지역에 있다. '사이프 알다울라의 군마들이 빠른 속도로 달려간다'는 의미이다.

10 이 책의 132쪽, 각주 32번 참조.

강물 위에 기병들의 터번을 펼쳐놓았다

18 군마들은 비수匕首처럼 차가운 강물에 펄쩍 뛰었고
차디찬 강물은 수컷 말들을 환관이 되게 했다[11]

19 강물은 뿌연 먼지구름[12]을 두 개로 나누는데
두 무더기는 분리되어 있다가 서로 만나기도 한다[13]

20 주군께서 강을 건널 때 강물은[14] 은색을 띠었으나
군마의 고삐를 죄어 돌아올 때 강물은 금빛이[15] 되었다[16]

21 강 건널 배의 밧줄은 머리카락[17]을 꼬아 엮었고,
배의 목재로는 적에게서 탈취해온 십자가들을 썼다[18]

22 그는 다리가 없고 새끼를 못 낳는
검은 색 말을 강물에 띄워 달리게 했다[19]

---

11 '말들이 차가운 강물에 들어가느라 고환이 수축되었다'는 의미이다.
12 군대가 일으키는 흙먼지를 말한다.
13 '군대는 강물에 들어간 무리와 아직 들어가지 않은 무리 둘로 나뉘어졌지만, 전체적으로는 넓게 전개되어 있어 하나의 큰 무리를 형성하고 있다'는 의미이다.
14 【직】"물거품은"
15 금빛은 피의 붉은 색을 의미한다.
16 '사이프 알다울라가 강을 건너 동로마 지역을 공격해 많은 적군을 살상함으로써 강물이 피로 물들었다'는 의미이다.
17 죽은 적군의 머리카락 또는 잡혀온 여인들의 머리카락을 가리킨다.
18 '적으로부터 많은 전리품을 빼앗았다'는 의미이다.
19 역청을 칠한 검은 색 배를 흑마에 비유하고 있다.

23 기병들이 잡아온 아름다운 여인들을 싣고 가는
배는 마치 가젤 같은 여자들의 보금자리 같다

24 바다 같은 강은, 강 건너편 사람들을
운명에 따른 재난에서 지켜주는 데 익숙했다[20]

25 당신의 허락하에 강이 강 너머 사람들을 지켜준다 해도
강은 당신을 배려해 함단조 사람만은 예외로 건너게 했다[21]

26 함단조 사람들은 예리한 칼로써
적군 왕들이 입은 갑옷의 조약[22]을 파기할 수 있는 자들

27 그들은 위대한 왕족이지만 재물이 없고[23]
높은 지위에 있지만 사람들에게 겸손하다

28 그들은 타조에게 죽음을 안기고 늑대를 붙들어 매는 밧줄 같은

---

20 '강이 크고 물살이 세서 여간해서 건너기 어렵다'는 의미이다.

21 【직】"당신은 강이 그렇게 하게 두었다. 강이 사람들을 지켜준다면 / 강은 당신을 배려했고 함단조는 예외로 했다" '함단조의 사이프 알다울라가 군대를 이끌고 거친 강을 건너 적지를 공격했다'는 의미이다.

22 적군 왕들이 함단조와의 전쟁을 피해 자국의 안전을 도모하기 위해 함단조와 맺은 조약을 가리킨다.

23 재물이 없고 : 【직】"방랑자처럼 지내고" 방랑자는 아랍어로 '쑤을룩(ṣu'lūk)'이다. 쑤을룩은 부족에 속하지 않는 가난한 건달로서, 주로 도적질로 살아가는 사람을 말한다. 이 표현은 '함단조 사람들이 재물에 욕심이 없고, 적과 많은 전쟁을 하며 고난을 견뎌낸다'는 의미이다.

군마의 그림자 속에서 낮잠을 취한다[24]

29 다른 칼들이 당신의 칼에 강제로 굴복했고
당신의 종교는 모든 종교들을 복종시켰다

30 초입에서 아군은 되돌아갈 수도
나아갈 수도 없는 치욕적인 상황에 놓였다[25]

31 창으로 싸움을 벌이느라 길은 막혔고
불신자不信者 적군이 신자信者 아군을 에워쌌다[26]

32 적군은 독수리의 어깻죽지에 올라갈 만큼
높이 솟은 우리 군대의 칼을 바라보았다[27][28]

33 무슬림 기병들은 죽어서 사는 자들로,
마치 그들은 동물류에 속하지 않는 듯하구나

34 당신은 연이어 적군의 신체 상부를 칼로 베는데,

---

24 '함단조 사람들은 전쟁에 나가서 유목민처럼 더운 낮에 그늘 없는 곳에서 지낼 정도로 인내하며, 그들의 말은 사냥에 능할 만큼 빠르다'는 의미이다.
25 동로마 지역의 초입에서 아군이 적의 대군을 만나 난처한 상황에 직면했던 일을 말한다.
26 【직】"창들로 통로는 좁아졌고 / 불신앙이 신앙의 주변에 몰려왔다"
27 '아군이 칼로 적군의 머리를 치기 위해 칼을 공중에 높이 들었다'는 의미이다.
28 다른 번역 : "적군은, 철제 무기로 무장했고 / 독수리 어깻죽지 같은 군마 등에 올라탄 아군을 바라보았다"

칼로 내려칠 때 칼은 마치 두 개인 듯하다[29]

35 칼날은 적군의 두개골과 얼굴을 공략했던 바,

마치 적군의 몸뚱이는 당신에게서 안전을 보장받은 듯

36 적군은 화살을 당기던 활을 던져버린 채,

당신을 겨냥하던 활을 밟으며 도망쳤다

37 비구름[30]은 곧은 창대와 인도印度 칼과

창끝으로 번갈아가며 적에게 공격을 퍼붓는다

38 적군은 승전의 소망을 이루지 못했는데

소망을 못 이루고 귀환함이 곧 소망을 이룬 것[31]

39 복수의 일념으로 창으로 교전을 벌일 때

적군은 자기 안위를 위해 동료에 대한 복수를 잊었다[32]

---

29 칼은 마치 두 개인 듯하다 : '칼이 적군 한 명의 몸을 관통해 다른 한 명도 찔렀다'는 의미이다. 또는 '사이프 알다울라(왕국의 검)도 칼이고 그가 손에 칼을 들고 있어 칼이 두 개'라는 의미이다.

30 '군대'의 은유.

31 '동로마군이 무슬림군에 승리하겠다는 목적을 이루지 못했지만, 전투에서 살아서 돌아간 것만 해도 다행'이라는 의미이다.

32 【직】"창들이 복수하려는 자의 마음에 가득할 때 / 그자의 마음은 동료들을 잊었다" '동로마군은 죽은 동료들의 복수를 하겠다고 다짐하며 무슬림군과의 전투에 임하지만, 막상 싸움이 시작되자 각자 살아남으려 애쓰며 복수에 대한 생각은 안중에 없다'는 의미이다.

40 어림도 없지.[33] 아군의 칼이 적의 전투 복귀를 막아
우리 칼날에 죽은 적군은 많았고 포로는 적었다

41 예절 바른 분[34]이 죽음에게 적군 살상을 명하자
죽음은 알라께 순종하여 그의 명을 따랐다

42 적군 시신의 머리칼이 산의 수목을 검게 뒤덮어,
그 광경은 마치 까마귀 떼가 나무에 내려앉은 듯

43 나뭇잎에는 짙붉은 피가 흘러,
그것은 마치 쓴 귤 열매가 나뭇가지에 달린 듯

44 전쟁에서 양쪽이 맞붙을 때 칼은 자신의 심장처럼
담대한 심장을 가진 용사들 편에 선다

45 겁쟁이가 소용없듯, 당신이 상대하는 칼이 예리하더라도[35]
겁쟁이 손에 들리면 무용지물

46 아랍인들은 당신을 통해 민족의 지주支柱를 세웠고
뭇 왕들의 정수리를 화로火爐가 되게 했다

33 '적군이 패주하다가 다시 전쟁터로 돌아와 싸우려 하지만 어림없다'는 의미이다.
34 사이프 알다울라.
35 칼이 예리하더라도 : 【직】 "칼의 날이 용감하더라도"

47 아랍인들은 계보로는 아드난계에 속하지만[36]

자신들의 자부심으로는 당신에 속한다

48 원하는 자를 칼로 마음껏 죽일 수 있는 분이시여,

저는 당신의 환대 덕분에 죽을 지경에 놓였습니다

49 제가 당신을 바라볼 때 저의 눈은 당황하고

제가 당신을 칭송할 때 제 혀는 어찌할 바를 모릅니다

---

36 혈통상 북부 아랍인은 이스마일의 자손인 아드난('Adnān)의 분파임이 보편적으로 인정된다. R. A. 니콜슨, 사희만 역, 『아랍문학사』, 16쪽.

14. “비雨처럼 관대하신 분이여”*

▶ 작품 해제

사이프 알다울라가 알무타납비에게 흑마와 적갈색 말 두 마리 중 우수한 말 하나를 택하라고 했다. 시인은 자신의 판단으로 흑마를 고른 뒤, 사이프 알다울라의 관대함을 칭송하는 이 시를 지었다. 훌륭한 인품의 소유자이며, 늘 전선에 나서 적과 싸우는 사이프 알다울라를 칭송하며 그의 안위와 무사를 기원한다.

▶ 우리말 번역

1 비雨처럼 관대하신 분이여, 최상의 인품을 택해 지니신 분이여,
저는 두 필 중에 우수한 말로 흑마를 골랐습니다

2 어쩌면 제 눈으로 말을 잘못 골랐을 수도 있습니다[1]

* ʿAbd al-Raḥmān al-Barqūqī, *Sharḥ Dīwān al-Mutanabbī*, vol.2, p.193~194; Abū al-Baqāʾ al-ʿUkbarī, *Dīwān Abī al-Ṭayyīb al-Mutanabbī*, vol.2, pp.89~90.

눈으로 보는 것은 때로는 맞기도 하고 때로는 틀릴 수도 있기에

3 뭇사람 속에 머무는 당신에게서 흠결을 찾는다면
단지 당신이 인간이라는 점이 흠입니다[2]

4 또한 당신의 흠은, 적에게 칼과 군마와
갈색 창과 낙타 떼를 한껏 베푼다는 것입니다[3]

5 당신은 월등함으로 적에게 치욕을 안겨줍니다
적들은 수적으로 우월해도 당신에 비해 역량에서 열등합니다

6 알라께서 당신을 적의 화살로부터 지켜주시길 바라나이다
하늘의 달을 궁수가 화살로 맞힐 수는 없나니

---

1 【직】"어쩌면 눈이 거짓말을 했을 수 있습니다"

2 '당신은 인간이 지니는 미덕 이상의 것을 지닌 비범하고 고귀한 존재'라는 의미이다.

3 '당신은 사람들에게 베풀고 하사하는 데 익숙해있어, 적에게도 군사와 무기를 동원해 공격의 은사(恩賜)를 내린다'는 의미이다.

15. "당신과의 이별은 내가 감당해야 할 일이니"*

▶ 작품 해제

알무타납비는 카푸르가 통치하는 이집트에 체류하고 있을 때 자신이 죽었다는 헛소문에 따른 부고가 알레포의 사이프 알다울라에게 전해졌다는 소식을 들었다. 이에 알무타납비는 사이프 알다울라에게 자신이 함단조를 떠난 뒤 이집트에서 후한 대접을 받으며 멀쩡히 지내고 있음을 알리고 자신의 죽음을 바라던 사이프 알다울라 측 사람들과 자신을 냉대한 사이프 알다울라를 조롱한다.

서두에서 시인은 세상풍파를 겪은 뒤 외로움을 느끼면서, 한때 — 사이프 알다울라를 포함해 — 우의를 나누던 사람들과 헤어졌지만 지난날에 얽매이지 않고 힘을 내겠다는 의지를 보인다(1~8행). 이어 자신의 부고 소문을 사이프 알다울라가 들었음을 알고 자신의 생존을 확인시키는 한편, 자신의 죽음을 기대했던 자들을 조소한다(9~12행). 사이프 알다울라를 조소하는 대목에서(13~15행)는 사이프 알다울라가 가까운 사람에

* ʻAbd al-Raḥmān al-Barqūqī, *Sharḥ Dīwān al-Mutanabbī*, vol.4, pp.363~370; Abū al-Baqāʾ al-ʻUkbarī, *Dīwān Abī al-Ṭayyib al-Mutanabbī*, vol.4, pp.233~239.

게 호의를 베풀다가 변덕이 심해 악의를 보이기도 하여 행동을 종잡을 수 없어 사람들로부터 증오의 대상이 된다고 말한다. 시인은 그런 군주를 과감하게 떠났으며, 자신의 삶에 피해를 준 사이프 알다울라에 대한 분노를 참지 않고, 그의 재물을 받지 않겠다고 밝힌다(16~19행). 끝으로 알무타납비는 미련 없이 이전 주군과의 관계를 정리하고 이집트에서 다시 삶의 활력을 찾으려 하면서, 새 주군인 카푸르에게서 요구한 사항을 얻으리라 기대하며 그를 칭송한다(20~25행).

▶ 우리말 번역

1 나는 무엇으로 내 자신을 위로하려나?
가족, 고향과 떨어져 술벗도 술잔도 의지할 이도 없는데

2 나는 세월에게 바라노라. 세월조차 스스로
도달할 수 없는 대망大望을 내가 이룰 수 있게 해 주기를[1]

3 너의 육체가 영혼과 붙어있는 동안에는
너의 운명運命에 연연하지 말라

4 네가 즐겼던 희락喜樂은 지속되지 않고

1 다른 번역 : "나는 세월에게 요청하노라 / 세월이 감당할 수 없는 일이지만 변화무쌍한 세태(世態)를 바로잡아주길" 또는 "나는 세월에 바라노라 / 세월이 이룰 수 없는 일이지만 상태를 영속(永續)시켜주기를"

지난 일을 슬퍼한다고 과거로 돌아가지도 않으니

5 사랑에 빠진 이들이 피해를 당한 원인은
열애 속에 세상을 몰랐고 세상 사람을 재지 못했기 때문

6 겉은 미려하지만 속은 흉악망측한 세상사를 겪고 난 뒤
사랑한 이들의 눈은 눈물 속에, 영혼은 슬픔 속에 소멸한다

7 걸음 빠른 암낙타에 올라 내게서 떠나가오[2]
오늘 당신과의 이별은 내가 감당해야 할 일이니[3]

8 내가 그리움에 사무쳐 죽는다고 해도 당신의 낙타 가마에는
내 영혼의 값을 보상報償할 만한 것이 없군요[4]

9 멀리 있는 나의 부고가 전해진 모임에 있던 자여,
모든 사람은 부보訃報 전달자가 알리는 죽음을 피할 길 없소

10 당신은 내가 죽었다는 부고를 얼마나 많이 들었소?
그렇다면 내가 무덤 속에서 깨어나 관에서 나왔단 말이오?[5]

---

2 【직】"내게서 떠나가오. 빠른 암낙타가 당신을 태워가길 바라오"

3 '시인이 세상사를 겪은 후, 사이프 알다울라를 포함해 그동안 사랑하며 알고 지내던 사람들과 이별하더라도 더 이상 상심하거나 슬퍼하지 않겠다'는 의미이다.

4 '당신은 내가 영혼을 바쳐 사랑할 만한 자격이 있는 자가 아니다'라는 의미이다.

5 【직】"나는 당신이 있는 곳에서 얼마나 많이 죽임을 당했고, 얼마나 많이 죽었던가? / 그런 뒤에 내가 (무덤 속에서) 벌떡 일어났고 무덤과 관이 사라졌단 말이오?"

11 몇 사람이 내 부고에 앞서 나의 매장을 보았다는데
그들은 자신들이 매장한 이보다 먼저 죽음을 맞았구나

12 원치 않는 방향으로 돛단배에 바람이 불듯
사람이 원한다고 모두 이룰 수 없게 마련

13 보아하니 당신 곁의 사람은 품위를 지킬 수 없겠고
당신의 초원에 방목한 암낙타는 젖이 돌지 않겠소[6]

14 당신과 가까웠던 모든 이가 받는 보상은 지겨움이고
당신을 사랑한 모든 이에게 돌아온 몫은 증오라네

15 당신은 당신의 하사품을 받은 자에게 격노하니
그 자는 호의好意와 악의惡意를 번갈아 당하는 셈

16 나는 당신과 헤어졌고 우리 사이에는
환영이 보이고 환청이 들리는 황야가 놓여 있소

17 낙타는 빨리 달리느라 지쳐 엎드려 기어가고
낙타의 무릎은 발굽에 대해 대지에게 묻는다[7]

---

6 '당신이 지도자로서의 품위를 유지하지 못하니 주변 사람들도 욕이나 해대는 등 품위가 없고, 당신이 베푸는 은혜는 해가 되기에 당신의 은혜를 받은 자는 그다지 좋아하지 않고 감사할 마음이 생기지 않는다'라는 의미로, 사이프 알다울라에 대한 조소를 담고 있다.

7 '낙타가 황야에서 먼 거리를 질주하느라 지치고 발굽이 성치 않게 되어 땅에 배와 무릎을

18 묵인함이 넓은 아량이라면 나는 못된 자를 보고도 참지만
묵인함이 소심함이라면 나는 그런 자를 보고 참지 않는다

19 나는 나를 비굴케 하는 재물은 받지 않고
내 명예에 먹칠하는 것은 탐하지 않는다

20 나는 헤어진 뒤 당신 생각에 잠 못 이루었으나
이제 다시 힘을 얻고 잠도 취하게 되었소

21 내가 당신에게서 받은 대우를 다른 자들에게서도 받는다면
나는 당신과 헤어졌듯 그들과도 헤어질 것

22 당신의 영토가 아닌 곳에서 내 말의 덮개는 해졌고
알푸스따뜨[8]에서 말의 고삐와 밧줄은 교체되었소[9]

23 나는 대망을 지닌 아부 알미스크[10]의 나라에 머물렀던 바,
무다르족[11]이나 예멘족[12] 모두 그의 관대함에 빠져들었다[13]

대고 기어가야 할 정도에 이르렀다'는 의미이다.

8 알푸스따뜨(al-Fusṭāṭ, 푸스타트, Fustat) : 오늘날 이집트의 수도 카이로의 남쪽에 있던 옛 도시로, 이 시행에서는 카푸르가 통치하는 이집트를 가리킨다.(옮긴이)

9 '시인이 이집트에서 융숭한 대접을 받아 오랜 기간 체류했음'을 의미한다.

10 아부 알미스크(Abū al-Misk, 사향(麝香)을 지닌 분)는 카푸르의 쿤야[아랍식 별칭]이다. 사향은 검정색 또는 어두운 갈색을 띠어, 곧 카푸르가 흑인임을 말한다. 한편, 사향은 그 희소성과 강한 향기에 비추어 카푸르를 귀인으로 드높이는 별칭으로 생각된다.(옮긴이)

11 무다르족(Muḍar) : 이 시행에서는 북부 아랍인을 가리킨다. 원문에는 '무다르 알하므라(Muḍar al-Ḥamrā')'. 무다르 알하므라는 예언자 무함마드의 조상인 무다르 이븐 니자르

24 비록 나에 대한 그의 약속 이행이 늦어지고는 있지만

내가 소망하는 바가 지체되지 않고 약화되지 않을 것[14]

25 약속을 지키겠지만 내가 그를 향한 충정을 언급했기에

그는 나를 떠보고 시험하느라 늦어지고 있을 뿐

(Muḍar ibn Nizār)의 별칭이다. 북부 아랍인이 속한 아드난족은 무다르족과 라비아(Rabī'ah)족으로 나뉜다.(옮긴이)

12 예멘족(al-Yaman) : 남부 아랍인을 가리킨다.

13 무다르족이나 ~ 빠져들었다 : '카푸르의 관대함이 모든 아랍인들에게 알려져 있다'는 의미이다.

14 '지체되고 있지만 카푸르는 시인에게 재물 하사나 관직 임명 등과 같은 약속한 바를 지키고 그의 소망을 들어줄 것'이라는 의미이다.

16. "그분의 은사恩賜는 내게서 떠나지 않는다네"*

▶ **작품 해제**

알무타납비가 카푸르와 결별하고 이집트를 탈출한 후 쿠파에 머물 때, 알레포의 사이프 알다울라는 아들을 보내 알무타납비에게 선물을 전했다. 이에 시인은 352/963~4년 쿠파에서 이 청송시와 함께 서신을 사이프 알다울라에게 보냈다. 이 시에서 알무타납비는 이전에 함단조를 떠난 이후 오랜 기간 만나지 못했음에도 사이프 알다울라가 여전히 자신을 잊지 않고 하사품을 보내오는 등 관심과 배려를 보여주는 데에 깊이 감사하고 이전의 주군을 그리워하는 심정을 나타내고 있다.

시의 서두는 시인이 사랑하는 여인을 그리워하는 심정을 그리는데(1~12행), 아마도 여인은 알무타납비의 마음속에 자리 잡고 있는 사이프 알다울라를 의도한 것으로 보인다. 시인은 그리운 임을 만나러 가기 위한 험난한 여정을 말하고(9~12행), 이어 목적지가 알레포임을 밝히어 그 임이 사이프 알다울라임을 드러내고, 서둘러 임을 만나고 싶은 초조한

* 'Abd al-Raḥmān al-Barqūqī, *S̲harḥ Dīwān al-Mutanabbī*, vol.3, pp.267~278; Abū al-Baqā' al-'Ukbarī, *Dīwān Abī al-Ṭayyib al-Mutanabbī*, vol.3, pp.148~158.

심정을 토로한다(16~17행). 이어 그동안 자신이 함단조를 떠나 여러 곳을 다니는 동안에도 활수한 성품을 지닌 사이프 알다울라가 하사품을 늘 보내왔음을 상기하며 감사한다(19~21행). 사이프 알다울라의 후한 성품은 그의 군대에게도 힘이 되어 군대는 주군에 대한 충성심으로 뭉쳐 전쟁에서 적에게 파멸을 안긴다(22~27행). 사이프 알다울라는 담대하고 두려움을 모르며, 말보다는 몸소 행동으로써 곧 전쟁 수행을 통해 명예를 지키는 통치자이다(27·30행). 사이프 알다울라가 동로마 군대를 저지해 준 덕에 이집트의 이크쉬드조와 이라크의 부와이흐조는 자신들이 무사한 것임을 알아야 한다며 시인은 두 왕조에게 일침을 가한다(31~33행). 끝으로 알무타납비는 오래 전 결별했음에도 여전히 은사를 베푸는 사이프 알다울라에게 경의와 감사를 표하고 만수무강을 기원하는 한편, 이집트에서 자신을 홀대한 카푸르를 조롱한다(38~42행).

▶ **우리말 번역**

1 사자使者여, 어찌된 일인가? 우리 둘 다 사랑의 열병을 앓고 있으니
내가 그녀를 연모하는데 자네도 상사병에 걸렸구나

2 내가 그녀에게 보냈던 자가 돌아올 때면
그자는 나를 시기하고, 그가 하는 말에 신의가 없구나[1]

---

1 '내가 여인에게 보낸 사자[심부름꾼]가 오히려 그녀의 매력에 빠지고 그녀를 사랑하게 되어, 정작 나와 그녀 사이에 서로 오가는 말을 온전히 전해주지 않는다'는 의미이다.

3 그녀의 두 눈은 우리[2] 사이의 신뢰를 망쳐놓았고
온전한 정신은 마음을 배신했다[3]

4 그녀는[4] 내가 앓고 있던 그녀를 향한 연모의 고통을
자신도 느낀다지만 연모의 증거는 몸이 마르는 것

5 사랑으로 가슴앓이하는 연인의 경우
한눈에 그가 사랑앓이를 하고 있음을 알 수 있지[5]

6 여인이여, 한창 아름다운 그대의 얼굴을 내게[6] 보여주시오
아름다운 얼굴은 변하기 마련이니

7 그대여, 이 세상 사는 동안 나와 인연을 맺읍시다.
이 세상 머무는 기간은 짧으니[7]

8 세상 철리哲理를 깨달은 자라면 이미 떠난 자들을 동정하듯
아직 머물고 있는 자들도 측은히 여긴다

---

2 나와 사자.

3 '사자가 그녀의 아름다움에 반해 사리분별력을 잃음으로써 소식 전달자로서의 직분을 망각한 나머지 나와 그 사이의 신뢰가 무너졌다'는 의미이다.

4 '그녀는' 대신 '자네는'(사자)으로도 해석 가능하다.

5 【직】"연모하는 이의 마음에 열애가 뒤섞인다면 / 그를 바라보는 모든 눈이 그 증거가 된다"

6 【직】"우리에게"

7 【직】"이 세상 사는 동안 우리와 인연을 맺어주오. 우리도 그대와 인연을 맺으리니 / 이 세상에 머무는 기간은 짧습니다"

9 그대여, 희었다가 검게 변한 내 얼굴을 봐주시오[8]

깡마른 창대 같은 내 모습은 자랑할 만하니[9]

10 광야를 지나는 동안 한 처녀가 나와 동행했는데[10]

그녀는 피부색을 변화시키는 습관이 있지[11]

11 휘장이 그 처녀로부터 그대를 막아주었지만

그대 입술의 갈색 자국을 보니 입맞춤을 당한 것 같구려[12]

12 내 피부를 변색시킨 처녀처럼 그대는 내 몸을 수척케 했으니

빼어난 미색의 두 여인이[13] 내 모습을 변하게 했구려[14]

13 우리는 훤히 알고 있지만, 나즈드에서

우리가 가는 길[15]이 짧은지 긴지 되물었다

14 질문[16]이 많음은 그립다는 것이고

---

8 【직】"만일 그대가 나를 본다면 내 얼굴은 흰색에서 갈색이 되어 있을 것이오"
9 '내가 많은 여행으로 얼굴이 햇볕에 그을리고 몸이 말랐다'는 의미이다.
10 동행한 처녀는 태양의 비유이다.
11 '뜨거운 햇볕에 내 피부가 검게 탔다'는 의미이다.
12 '시인의 애인이 휘장으로 햇볕을 차단할 수는 있지만, 태양의 입맞춤을 당한 것처럼 입술에 갈색 자국이 있다'는 의미이다.
13 빼어난 미색의 두 여인이 : 【직】"목이 길고 몸매가 아름다운 당신 둘의 우아함이"
14 '태양은 열기로 시인의 피부를 검게 했고, 애인은 그를 애타게 해 몸이 마르게 만들었다'는 의미이다.
15 사이프 알다울라에게 가는 여행길.
16 앞의 행에서 나온 여행길의 거리에 관한 질문.

질문에 대답이 많음은 묻는 이를 안도케 한다[17]

15 우리는 가는 길에 안락한 곳이 있어도 머물지 않았다
그곳이 우리와 함께 여행할 수는 없기에[18]

16 초원이 우리를 반겨 맞아줄 때면 우리는 답했다
"우리의 목적지는 알레포. 당신[19]은 여행길"이라고

17 우리의 말과 낙타는 당신의 목초지에서 먹은 뒤[20]
그곳[21]을 향해 빠른 걸음걸이로 달려간다

18 아미르[22]로 칭해지는 자들은 많이 있지만
그곳의 아미르야말로 기대를 한몸에 받는 분

19 나는 그분을 떠나 동서東西를 오갔지만
나를 향한 그분의 은사恩賜는 내게서 떠나지 않는다네

20 내가 어느 길을 가더라도 내게 하사품이 있기에

---

17 '자신이 좋아하는 것이 있으면 그것에 관해 알면서도 주변 사람들에게 계속해서 물어보고 대답을 들으려 한다'는 의미이다.
18 '사이프 알다울라에게 가는 여행 중에 지체되지 않기 위해 그 어느 곳에서도 머무르지 않았다'는 의미이다.
19 초원을 가리킨다.
20 【직】"당신에게 우리의 말과 낙타를 위한 목초지가 있고"
21 알레포.
22 이 책의 107쪽, 각주 29번 참조.

마치 사면팔방이 나를 위한 그분의 하사품을 보장하는 듯

21 만일 활수한 이가 활수함 때문에 비난을 듣는다면
비난하는 자나 비난 받는 자 모두 그분[23]에게 경의를 표할 것[24]

22 그가 내려주는 은혜로 그의 군대는 삶을 얻고,
적군은 그 은혜로 말미암아 죽임을 당한다

23 그가 베푸는 선물은 빠른 군마와 긴 창과
빛나고 탄탄한 갑옷, 그리고 잘 갈린 칼

24 그의 군대가 적지敵地를 아침에 공격할 때마다,
폭우는 "이것이 바로 홍수다"라고 말했다[25]

25 군대는 적을 급습해, 새의 깃털이 떨어져 날리듯
견고한 갑옷의 고리들을 떨어뜨려 날리게 한다

26 야생 짐승을 사냥하듯 우리 군마는 적의 군마를 사냥하고,
소수의 우리 기병 부대는 적의 대군을 포로로 잡는다

---

23 사이프 알다울라.

24 '사이프 알다울라는 활수한 성품과 관련해 어느 누구로부터 비난이나 책망을 들을 일이 없는 반면, 다른 이들은 그런 말을 듣는다'는 의미이다.

25 '사이프 알다울라의 대군이 폭우를 퍼부어 홍수를 일으키듯 적에게 맹공격을 퍼붓는다'는 의미이다.

27 전쟁이 일어나면 공포恐怖는 그[26]에게
"당신은 어느 것을 보아도 두려워하지 않는다"라고 말한다[27]

28 만일 그가 건강하면 세월도 건강하고,
만일 그가 병들면 세월도 병든다

29 그가 머물다가 떠나간 곳마다
그를 칭송하는 희소식이 전해진다

30 알리[28]여, 당신 외에 자신의 명예를
칼집에서 뽑힌 칼로 지키는 통치자가 없도다

31 당신의 군대와 군마가 적으로부터 지켜주는데
어찌 이라크와 이집트 지역이 불안하겠는가?

32 만일 당신이 적군의 길에서 비켜나 준다면,
적군은 군마들을 그곳 갯대추나무와 야자수에 매어 놓을 것[29]

33 또한 두 곳에서 당신이 지켜주어 강해진 자[30]는

---

26 사이프 알다울라.
27 【직】"전쟁이 일어나면 공포는 그의 두 눈에게 / '그것[공포]은 두려워하는 마음이다'라고 말한다"
28 사이프 알다울라.
29 '만일 사이프 알다울라가 나서서 적군을 저지하지 않는다면 이라크와 이집트 지역이 점령될 것'이라는 의미이다.

자신이 비천하고 미천해지리라는 것을 깨닫게 될 것[31]

34 당신은 생애 내내 로마를 공격하는데
과연 귀환하실 날은 언제가 될 것인지?

35 로마 외에 당신의 등 뒤에는 다른 로마[32]가 있건만
당신은 좌우 측면의 적 중 어느 쪽을 상대할 것인가?

36 다른 모든 왕들은 당신의 업적에 역부족하여
당신의 창과 칼날이 수행한 위업에 미치지 못했다

37 전쟁으로 죽음의 잔을 돌리는 사람은
향락의 술잔을 돌리는 자와는 다르다[33]

38 제가 당신의 은사恩賜를 받아도 기쁘지 않음은
제가 당신을 뵙고자 해도 세월이 인색하게 굴기 때문입니다[34]

39 당신과의 먼 거리는 가까이 있는 하사품을 퇴색시켰고

---

30 이집트의 카푸르와 이라크의 부와이흐 가문을 가리킨다.

31 '이집트의 이크쉬드조와 이라크의 부와이흐조는 사이프 알다울라가 막아주지 않는다면 동로마군의 공격을 받아 패하고 비참한 지경에 처할 것'이라는 의미이다.

32 '다른 로마'는 부와이흐조를 가리킨다.

33 【직】"죽음이 돌려지는 사람은 / 술잔이 돌려지는 자가 아니다" '사이프 알다울라는 적과의 전쟁에 전념하는 반면, 많은 다른 왕들은 향락에 빠져 세월을 보낸다'는 의미이다.

34 '시인은 사이프 알다울라가 보내온 하사품을 받지만, 멀리 떨어져 있고 그를 직접 알현할 여건이 되지 않아 마음이 착잡하다'는 의미이다.

저의 방목지는 풍요롭지만 제 몸은 말랐습니다[35]

40 만일 제가 이 세상이 아닌 곳에 거처를 잡더라도
하사품이 제게 온다면 그것을 내리신 분은 바로 당신입니다

41 당신의 생애 중에 저는 카푸르 같은 노예 천 명을 갖고,
당신의 후하심에 시골과 나일강을 대신할 재산을 가질 것입니다[36]

42 재난이 당신을 피해 가기만 한다면 저는
그 누가 불행이나 해를 당하더라도 관심이 없습니다

---

35 '시인이 지금 편한 곳에서 지내고 있지만 멀리 있는 사이프 알다울라를 만나 뵐 수 없어 심적으로 괴로움을 겪고 있다'는 의미이다.

36 '시골과 나일강'은 이집트의 농경 지대를 의미한다. 이 시행은 사이프 알다울라가 시인에게 지속적으로 하사품을 주고 있음을, 또는 그렇게 해주기를 바라는 시인의 기대감을 나타낸다.

Ⅱ.

카푸르 관련 시

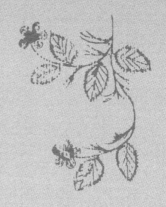

17. "알푸스따뜨에서 나는 바다 같은 위인을 만나"*

▶ 작품 해제

사이프 알다울라와 결별하고 이집트에 도착한 알무타납비는 그곳의 통치자인 카푸르에게서 집과 재물의 은전을 받고 그를 칭송하는 이 시를 지었다. 때는 346/957~8년이었다.

시의 첫 부분(1~12행)에서 시인은 사이프 알다울라와 결별한 후 겪는 심적 고통을 털어놓는다. 의지할 사람도, 소속도 없어 불안해하며 차라리 죽음을 생각하기까지 하면서, 사이프 알다울라를 떠나왔지만 마음속으로 여전히 그를 그리워하는 자신을 탓한다. 시의 나머지 부분(13~47행)은 이집트의 통치자 카푸르에 대한 칭송으로 채워져 있다. 알무타납비는 자신을 받아준 카푸르에게 감사하며 그에게 충성을 다짐하고(13행), 카푸르를 위해 헌신하는 이집트 기병대의 용맹과 강인함을 말한다(14~21행). 이어 카푸르의 위업과 뛰어난 인품, 특히 타인에 대한 온정과 은사恩賜에 대해 강조하는 한편(22~31행), 전쟁 영웅으로서 그의 위상을

---

* ʿAbd al-Raḥmān al-Barqūqī, *Sharḥ Dīwān al-Mutanabbī*, vol.4, pp.417~432; Abū al-Baqāʾ al-ʿUkbarī, *Dīwān Abī al-Ṭayyib al-Mutanabbī*, vol.4, pp.281~294.

드높인다(32~43행). 시 말미에서는 카푸르가 자신의 노력으로, 즉 몸소 전쟁에 나가 적을 상대해 승리함으로써 영광된 왕좌에 오른 통치자로, 영예와 존엄을 추구하는 지극히 높은 인물임에도 관대함으로 백성에게 다가가는 지도자임을 드러낸다.

▶ 우리말 번역

1 차라리 죽음을 치유법으로 여겨 죽고자 소망함이
네가 병病에서 벗어나는 길이 되기를[1]

2 너는 진실한 친구나 음흉한 적수를 만나려 했으나
그러지 못했을 때[2] 절망하여 죽음을 원했다

3 만일 네가 비굴하게 사는 데 만족한다면
예리한 예멘 칼[3]을 준비하지 말라

4 또한 기다란 공격용 창을 택하지 말고
다 자란 명마도 택하지 말라

---

1 '시인의 심적 고통이 심해 차라리 죽으면 고통이 없어질 것으로 생각하는 지경에 이르렀다'는 의미이다. 사이프 알다울라와의 갈등으로 인한 괴로움을 토로하고 있다.
2 즉 '우정을 나눌 순수한 벗이나 대적할 만한 적수를 만나지 못했을 때'.
3 예멘 칼(al-ḥusām al-Yamānī) : 아라비아 반도 남부의 예멘 지역산(産), 또는 그런 종류나 모양의 칼.

5 굶주린 채 연명하는 사자는 무용지물이고
동물을 사냥 않는 사자는 두려운 존재가 아니니

6 내 마음이여, 멀어지고 배신한 자를 네가 사랑하기 전에
내가 너를 사랑했으니 내게 충실하도록 하라[4]

7 나는 네[5]가 이별을 불평하고 있음을 알고 있으나
네가 불평하는 모습을 보인다면 너는 내 마음이 아니지

8 배신한 이들과 이별 직후 눈물이 흐른다면
그 눈물은 자신의 주인을 배신하는 것

9 남에게 베풀면서 생색내려 한다면
칭찬도 받지 못하고 재물도 남지 않는다

10 사람의 성품은 그 자의 됨됨이를 말해준다
그가 천성적으로 후厚한 자인지 후한 척하는지를

11 내 심장이여, 나와 결별한 이를 그리워 말라
보아하니 너는 사랑으로 보답 않을 자를 연모하는구나

---

4 '시인의 마음은 여전히 사이프 알다울라에게 향해있고, 시인은 그런 자신을 책망한다'는 의미이다.
5 시인의 마음.

12 나는 본디 정이 많아 설령 청춘으로 돌아간다 해도
나의 백발과 이별하며 마음 아파 울 터[6]

13 허나 알푸스따뜨[7]에서 나는 바다 같은 위인을 만나
그에게 충성하고 열정으로 시를 지으며 지내게 되었지[8]

14 그를 위해 동원된 군마들의 귀 사이로 창이 내뻗어져
경쾌히 달리는 군마들이 창머리 뒤를 따라가는 듯

15 군마들은 걸어가면서 바위를 밟을 때마다
맨 말굽인데도 송골매 가슴 모양의 흔적을 남겼다

16 어두운 밤에도 군마들은 탁월한 시력에 힘입어
멀리 있는 형체라도 가까이 있는 실물처럼 본다

17 군마들은 나지막한 소리에도 귀를 세우고
속삭이는 말소리도 외쳐 부르는 소리로 여긴다

---

6 '시인 자신은 마음이 따뜻한 사람'이라는 의미이다. 모든 사람은 백발을 싫어하며 청춘으로 돌아가기를 바라는 마음이 있지만, 그럼에도 시인은 자신이 싫어하는 백발과 헤어지더라도 그동안 정이 들어 울 것이라고 말한다.

7 이 책의 154쪽, 각주 8번 참조.

8 '시인이 그동안 정들었던 사이프 알다울라와의 관계를 끝내며 슬펐지만, 이집트에서 귀인 카푸르를 만나 그에게 열의를 다해 충성하며 살면서 마음의 안정을 이룰 수 있었다'는 의미이다.

18 군마들이 공격대 기병들과 고삐로 힘을 겨루고
목 위에 늘어진 고삐는 마치 기다란 뱀과 같다

19 결의에 찬 기병의 몸은 안장에 앞서 달려가고
몸 안의 심장은 몸에 앞서 달려간다[9][10]

20 군마들은 다른 사람을 내버려두고 카푸르를 향해 간다
바다를 향해 가는 자는 개천을 무시하기 마련

21 군마들은 우리를 세월의 동공瞳孔에 데려다주었고
세월의 백안白眼과 눈구석은 뒤에 내버려두었다[11]

22 군마를 타고 우리는 선행을 베푸는 자들[12]을 지나
그들에게 선행과 은혜를 베푸시는 분[13]에게로 간다[14]

23 우리는 많은 곡절曲折을 겪고 나서야[15]

---

9 카푸르를 위해 강한 전의(戰意)를 갖고 전투에 임하는 기병의 모습을 그리고 있다.

10 다른 번역 : "결의에 찬 기병의 몸이 안장을 타고 달려가고 / 몸 안에서는 심장이 움직이며 달려간다"

11 '카푸르에 비하면 다른 자들은 하찮은 존재에 불과하다'라는 의미로 카푸르의 위대함을 찬양하고 있다.

12 사이프 알다울라와 그의 일족을 가리킨다.

13 카푸르를 가리킨다.

14 이 해석의 경우, 카푸르가 사이프 알다울라와 그의 일족에게 은혜를 베푼 일이 없어 사실과 맞지 않는다. 다른 가능한 해석은 다음과 같다. "우리는 군마를 타고, 자신의 통치 지역 내 / 선한 백성에게 선행과 은혜를 베푸시는 분에게로 간다."

15 우리는 ~ 겪고 나서야 : 【직】 "우리는 지나간 곡절의 등에 올라타 달리고 나서야"

만남을 염원했던 한 대장부의 시대에 이르렀다

24 그의 역량은 기존의 업적을 뛰어 넘었고
그는 처녀작處女作을 내듯 새로운 사업을 추진한다[16]

25 그는 온정으로 포악한 적의 적대감을 누그러뜨리나
그들의 악의가 사라지지 않으면 아예 그들을 절멸시킨다

26 아부 알미스크이시여, 이는 내가 그리워하던 얼굴이고,
지금은 내가 고대했던 알현의 시간입니다

27 나는 당신께[17] 오는 길에 광야와 고산준령을 지났고
물을 고갈시키는 한낮 더위에 헤매고 다녔습니다

28 사향뿐만 아니라 모든 향기의 주인이시여!
아침 구름뿐만 아니라 모든 구름의 주인이시여!

29 자랑하는 모든 이는 일개 공적을 내세우지만
자비의 알라께서는 당신에게 모든 공적을 모아주셨소

30 사람들은 은덕으로 자신들의 명예를 얻는다면

16 '카푸르는 전임자들의 업적을 모방하지 않고 창의적으로 새 일을 시도한다'는 의미이다.
17 【직】"그분께"

당신은 은덕을 베풀어 다른 이들의 명예를 높입니다

31 흔치는 않지만, 걸어서 당신을 찾아온 자가
두 이라크 지역[18]의 통치자나 총독으로 귀환하기도 합니다[19]

32 당신은 침략해 온 적 군대를 붙잡아
당신에게 원군을 청하러 온 자에게 내어줍니다

33 당신은 세상 풍파를 겪으신 경험으로,
만물은 소멸한다고[20] 보아 속세의 재물을 경시하는 분

34 당신은 사람들의 소원으로 왕이 된 자가 아니라
적의 앞머리를 하얗게 세게 한 전쟁으로 왕이 되신 분[21]

35 당신의 적들은 전쟁을 지상 정복을 위한 노력으로 여기지만
당신은 전쟁을 천상으로 올라가는 사다리로 여깁니다[22]

36 당신은 전쟁의 탁한 먼지를 온몸에 뒤집어썼고
맑은 대기大氣보다는 맑지 않은 대기를 보려는 듯[23]

---

18 두 이라크 지역 : 쿠파와 바스라, 또는 아랍인의 이라크 지역과 페르시아인의 이라크 지역.
19 '카푸르를 만나 은덕을 입은 자는 큰 명예와 높은 지위를 얻는다'는 의미이다.
20 만물은 소멸한다고 : 【직】 "만물은 소멸한다고 -당신은 예외가 되길"
21 '카푸르는 몸소 적과 전쟁을 수행하는 등 자신의 노력으로 왕위에 올랐다'는 의미이다.
22 '일반인들은 전쟁으로 영토를 얻으려하는 데 반해, 카푸르는 전쟁으로 영광과 영예를 쌓으려한다는 점에서 그의 야망은 범인(凡人)들의 소원과는 큰 차이가 있다'라는 의미이다.

37 당신은 준마를 몰고[24] 노기등등 전쟁터에 갔다가
승리의 기쁨에 희희낙락 전쟁터에서 나온다

38 당신이 뽑아든 예리한 칼은 명령에 복종하면서도
몇몇 적군은 죽이지 말라 명해도 거역한다

39 이십 완척 갈색 창이 당신을 적 기병에 닿게 해 당신은 만족하고,
당신이 창을 적에게 데려가 피를 마시게 해 창이 만족한다

40 당신에겐 황야의 먼 거리를 횡단하고 나서도
쉬지 않고 적 부족들을 침공하는 군대가 있다

41 당신은 군대를 이끌고 뭇 왕들의 영토를 침공했고,
군마의 발굽은 그들의 머리통과 가옥들을 짓밟았다

42 당신은 적의 창날에 첫 번째로 다다르는 분으로,
창날에 두 번째로 다다르는 것을 경멸하는 분[25]

43 인도 사람들이 대등한 전투용 검 두 개를 만들었다면
당신 손에 들린 검이 대등함을 없애준다[26]

---

23 '카푸르는 전쟁에 대한 열의를 지녔기에 맑은 공기를 싫어하며 전쟁의 먼지로 가득찬 하늘을 원한다'는 의미이다.

24 준마를 몰고 : 【직】"혜엄치듯 빠른 군마를 몰고"

25 '당신은 가장 먼저 전투에 뛰어드는 용감한 자'라는 의미이다.

44 셈이 당신을 본다면 그의 후손에게 말할 것

"내 동생의 자손[27]을 위해 내 자손, 내 자신, 재물을 바치겠다"라고[28]

45 우리 수장은 알라의 도움으로 최고의 치적을 이루신 바,

그분은 하려는 일의 끝을 보는 성격의 소유자

46 그분은 영예와 존엄을 추구하라는 마음속 요구에 응했지만,

다른 이들은 마음속 요구에 응하지 않았다

47 만인 위에 있는 그분을 사람들은 멀리 있다 여기지만

그분은 관대함으로 사람들에게 가까이 다가간다

---

26 '당신이 전투에서 칼로 힘껏 적을 내리치므로 당신이 든 칼이 최고'라는 의미이다.

27 '내 동생의 자손'은 카푸르를 가리킨다.

28 '흑인인 카푸르가 셈의 후손인 백인보다 고귀하여, 백인들 모두 카푸르를 통치자로 받들고 그를 위해 희생할 것'이라는 의미이다.

18. "당신의 꿰맨 발뒤꿈치를 보니"*

▶ **작품 해제**

앞선 칭송시 "알푸스따뜨에서 나는 바다 같은 위인을 만나"를 낭송한 뒤 알무타납비는 카푸르의 방으로 들어갔다. 카푸르는 그에게 미소를 짓고는 자리에서 일어나 신발을 신었다. 그때 알무타납비는 카푸르의 발뒤꿈치가 갈라지고 보기 흉한 것을 보고 이 시를 지었다.

10행의 짧은 이 시에서 시인은 자신이 겉으로 카푸르에 충성하고 그를 칭송하지만 심중에는 그에 대한 경멸과 흑인 차별 의식이 있음을 드러낸다. 이집트에 오자마자 일개 시인이 일국의 최고 권력자 앞에서 감히 무례를 범하며 피부색(흑인)과 출신 신분(노예), 외모(갈라진 발뒤꿈치, 두꺼운 입술)를 들먹거리고 조롱하는 시를 지었다는 것이 믿겨지지 않을 정도이다. 이 시를 지은 알무타납비가 이집트에서 과연 순탄한 삶을 유지할 수 있을지 의문이 든다. 참고로, 알무타납비가 이크쉬드조에 4년여 기간 머물면서 고위직을 기대했음에도 그를 경계한 카푸르에 의해 야망

---

* 'Abd al-Raḥmān al-Barqūqī, *Sharḥ Dīwān al-Mutanabbī*, vol.4, pp.432~434; Abū al-Baqā' al-'Ukbarī, *Dīwān Abī al-Ṭayyib al-Mutanabbī*, vol.4, pp.294~296.

이 좌절되자 그를 비난하고 풍자하는 시를 지었음은 본서의 해제에서 이미 언급한 바 있다.

▶ 우리말 번역

1 내가 속마음을 감출 수 있다면 당신께 만족한 듯 보이겠소만[1]
나는 내 자신에게도 당신에게도 만족하지 않고 있소

2 당신은 거짓과 위약과 배반, 비굴, 비겁을 일삼는 자요?
내게 그런 사람으로 보인 겐지 아니면 실제로 그런 치부를 지닌 자인지?

3 당신은 내가 당신을 원하고 기뻐서 미소 짓는다고 생각하지만
실은 내가 당신 같은 자를 원한다기에 웃고 있소

4 나는 당신 발에 신발이 신겨있음에 놀랬소
맨발로 다니는 당신이 신발을 신고 있다고 생각했기에[2]

5 당신은 무식해서 당신 피부색이 검은색인지
혹은 순백색으로 변했는지도 모르는군요[3]

---

1 '시인이 마음속으로는 카푸르를 혐오하고 그에게 가는 것도 싫지만 겉으로는 기뻐하는 척하겠다'는 의미이다.
2 '카푸르는 발 피부가 거칠어서 신을 신고 있는 것처럼 보이므로 부유한 자들처럼 신발을 신을 필요가 없다'는 의미로, 상대방 비하와 조롱의 의도를 담고 있다.
3 '흑인인 당신은 왕이 된 후, 신발을 신으며 사치를 부리게 된 것처럼 백인이 되었다고 착각하고 있지는 않은가?'라는 의미이다.

6 당신의 꽤맨 발뒤꿈치를 보니 이전의 갈라진 피부와
벌거벗은 채 기름옷을 입고 걸어가던 당신 모습이 기억나네요[4]

7 사람들의 호기심만 아니라면 나는 속으로는 당신을 풍자하고
겉으로는 칭송하는 시를 짓겠소만[5]

8 당신은 내가 낭송한 시로 즐거워했소
시로 당신을 풍자하는 것조차 지나친 것이긴 하지만[6]

9 당신은 내게 하등 도움 될 일을 해주진 않았지만
나는 당신의 두꺼운 입술을 보는 것만으로도 즐거웠소

10 당신 같은 사람을 먼 지역에서 데려오면
검은 상복을 입고 곡하던 여인들도 웃겠지요

---

4 벌거벗은 노예가 기름을 실어 나르느라 몸이 온통 기름투성이가 된 모습을 그리고 있다.
5 '알무타납비는 칭송으로 보이지만 실은 풍자를 담은 시를 써서 카푸르를 조롱하고 싶지만, 몇몇 카푸르의 측근들이 — 어리석은 카푸르와는 달리 — 그런 유형의 시의 본래 의도를 알아낼 것이 우려되므로 그런 시를 쓰지 못하겠다'는 의미이다.
6 '내가 조롱해도 즐거워하는 당신은 풍자의 대상도 될 수 없는 하찮은 자'라는 의미이다.

19. “카푸르여, 알라께서는 당신을 으뜸으로 정하셨고”*

▶ 작품 해제

348/959~960년 샤빕 알오까일리[1]라는 자가 카푸르를 거역하며 다마스쿠스에서 반란을 일으켰다. 사건은 그의 피살로 일단락됐고 알무타납비는 이와 관련해 카푸르의 존재를 부각시키는 이 시를 썼다. 카푸르를 배신하고 그의 통치하에서 반란을 도모하는 자는 비참한 최후를 맞게 된다는 경고와 함께 카푸르의 비위를 맞추고 통치자의 위상을 강화하는 정치적 발언이 엿보인다.

시를 보면 카푸르를 배반하고 대적하는 자들은 모두 비참한 말로를 겪게 되고(1~4행), 샤빕 또한 카푸르에 반역하여 칼을 들고 소란을 일으켰

* ʻAbd al-Raḥmān al-Barqūqī, *Sharḥ Dīwān al-Mutanabbī*, vol.4, pp.373~380; Abū al-Baqāʼ al-ʻUkbarī, *Dīwān Abī al-Ṭayyib al-Mutanabbī*, vol.4, pp.242~247.

1 샤빕 이븐 자리르 알오까일리(Shabīb ibn Jarīr al-ʻUqaylī) : 그는 오랜 기간 시리아 지역의 마아르라 알누으만(Maʻarrah al-Nuʻmān)의 주지사를 지냈다. 만 명 이상의 아랍인 무리가 그를 중심으로 집결했다. 그는 카푸르에 대한 반란을 일으켜 다마스쿠스로 향해 그곳을 포위했다. 반란은 실패했고 그는 죽임을 당했다. 전해지는 이야기로, 한 여인이 던진 맷돌에 맞아 죽었다고도 하고, 그가 술에 취해 쓰러져 있다가 다마스쿠스 주민들에게 잡혀 죽었다고도 한다.

지만 허망한 죽음을 맞이했다(5~17행). 샤빕은 죽음을 두려워하지 않는 용맹한 자였고, 많은 추종자들과 지지자들이 있었지만 알라의 뜻에서 벗어난 행동을 함으로써 파멸에 이르렀다. 또한 샤빕은 관대한 주군 카푸르의 은사를 받음에도 반역을 꾀하는 우를 범했다(18~21행). 알무타납비는 겉으로 충성하는 샤빕같은 자들을 경계해야 한다고 카푸르에게 조언한다.

시는 카푸르에 대한 과장된 칭송으로 마무리된다(22~27행). 카푸르는 알라의 선택을 받은 통치자로 적을 상대로 승리를 보장받았으며, 만사를 조종할 수 있는 불가사의한 능력을 지닌 인물이다. 알무타납비는 카푸르가 자신에게도 은사를 내려주기를 소원한다.

▶ 우리말 번역

1 당신의 적은 모든 언사로 비난받아 마땅한 바,
설령 태양과 달이 당신의 적일지라도 매한가지

2 당신의 존엄에는 알라의 비밀이 있지만
당신의 적이 하는 발언은 일종의 망언에 불과하다

3 당신의 적들은 그 사건[2]을 목격한 후에도
당신의 존엄에 대한 입증이나 해명을 요구하는가?

---

2 샤빕의 반란 사건.

4 그들은 보았지. 당신을 배반하려던 자들 모두
목숨을 잃거나 변고를 당하는 것을

5 샤빕의 의지와는 달리 칼은 그의 손바닥과 결별했지
그 둘은 어떤 경우에도 동반하여 다녔건만

6 마치 그에 의해 잘린 자들의 목이 그의 칼에게
"너의 동반자는 까이스[3]인, 너는 예멘[4]인"이라고 말하는 듯[5]

7 모든 생명체의 종국은 죽음이기에
인간인 그가 죽음을 맞이했더라도 하등 부끄러울 건 없지[6]

8 그는 가는 곳마다 불을 질러대듯 소요를 일으켜
연기를 피우는 대신 풍진風塵이 일게 했다

9 그는 적수가 탐내는 당당한 삶을 살다가
사신死神이 탐내는 겁쟁이의 죽음을 맞았다[7] [8]

---

3 까이스(Qays) : 아드난족[북부 아랍인]의 일파.

4 예멘(Yamān) : 까흐딴족[남부 아랍인]의 일파.

5 '아랍인의 계보에서 분리·대별되는 북부 아랍인과 남부 아랍인처럼 칼이 샤빕의 손을 떠났다'는 의미이다.

6 '샤빕은 사람이기에 언젠가는 죽을 운명이었다'는 의미이다.

7 사신이 탐내는 ~ 맞았다 : 【직】 "사신으로 하여금 모든 겁쟁이들을 탐내게 하는 죽음을 맞았다"

8 '샤빕은 위풍당당하게 살다가 겁쟁이들이 그러하듯 병이 없는 건강한 상태에서 죽음을 맞았다'는, 곧 '그는 겁쟁이였다'라는 의미이다.

10 그는 자신의 창으로 적의 창 공격을 물리쳤으나
묘성昴星과 황소자리의 불길한 점괘를 두려워하지 않았다[9]

11 그는 알지 못했다. 죽음이 날개를 벌려 달고
머리 위에서 유유히 맴돌다 그를 덮치려 함을

12 그는 전쟁에서 적수들을 죽였다가 당신에 의해
더없이 누추한 곳에서 최약체 적수[10]로 죽임을 당했다[11]

13 죽음은 비밀 통로로 그를 찾아왔기에
풍문이나 목격담으로 그의 사망을 확인할 길이 없다

14 죽음이 무기를 들고 싸우러 그에게 왔다면
그는 긴 팔과 넓은 가슴팍으로 물리쳤을 것[12]

15 그가 부하들과 있으면서 죽음을 면했다 여기고
안심하는 새에 죽음의 운명이 그를 찾아왔다

---

9 '그는 전투에서 용감했지만 자신의 죽을 운명을 피하지 못했다'는 의미이다.

10 알오크바리는 '최약체 적수'가 독(毒)을 의미하는 것으로 본다.

11 샤빕이 다마스쿠스 주민들을 상대로 전투를 벌이고 있던 중 갑자기 바닥에 쓰러졌고, 다시 일어나 몇 걸음 가다가 쓰러져 죽었다는 이야기가 있다. 또한 그가 광견병에 걸려 죽는 바람에 그의 무리가 패했다고도 하고, 다른 일화에 따르면, 그가 말을 탄 상태에서 독이 든 보리죽을 마셔 죽었다고 한다.

12 '샤빕은 전투에서 적을 격퇴하고 살아남을 만큼 용맹한 자였다'는 의미이다.

16 대군大軍이 그의 주변에 모여 있더라도
알라의 지원과 도움이 없다면 과연 소용 있을까?

17 그는 많은 낙타가 아니라 자신의 희생으로
그동안 저지른 범죄에 대해 밤이 오기 전에 보상했다[13]

18 제정신인 자라면 한 손으로 당신의 하사품을 받고,
다른 손으로 배은망덕하게 말고삐를 잡을 수 있을까?[14]

19 온전한 자라면 당신이 베푼 호의를 받고나서
당신에 반역하며 말 등에 올라탈 수 있을까?

20 그의 손은 당신의 하사품을 받으며 뒤로 젖혀졌고,
손가락으로 물품을 잡으려 했으나 잡을 손끝이 없었다[15]

21 오늘날 어느 누가 주군에게 충성을 바치는가?
충성스럽게 보이는 자는 샤빕처럼 배반하기 마련

22 카푸르여, 알라께서는 당신을 으뜸으로 정하셨고,
당신에 버금가는 자가 없도록 정하셨소

---

13 '이전에 샤빕이 사람들을 죽였고, 이제 그도 절명했다'는 의미이다.
14 '온전한 정신을 가진 자는 은혜를 베푼 자에게 대적해서는 안 된다'는 의미이다.
15 '카푸르가 샤빕에게 베푼 은혜가 넘치도록 많았다'는 의미이다.

23 적을 맞추려 당신이 활을 들다니 어찌된 게요?

인간이든 진[16]이든 적군은 행운의 활에 맞을 터인데[17]

24 당신이 칼이나 창에 관심을 두다니 어찌된 게요?

날은 없어도 행운의 칼이 적군을 찌를 터인데

25 당신은 왜 긴 칼집의 칼을 들고 있소?

적을 멸하는 데 칼이 필요 없고 운세만으로 충분하건만

26 당신이 친히 하사하든 않든 저를 위해 뜻하신다면

제게 베푸시려 한 은혜가 절로 제게 이루어집니다[18]

27 만일 당신이 천체天體의 운행을 꺼리신다면

운행을 차단하는 이변이 일어나기도 한다

---

16 진(jinn) : 마신(魔神). 아랍인에게 진은 인류의 조상인 아담 이전부터 있었다고 전해지며, 천사와 인간의 중간 단계에 속하는 존재로서 불로 창조되었다고 한다. 진은 인간이나 짐승, 괴물의 형상을 취할 수 있고, 대체로 사람의 눈에 보이지 않는다.(옮긴이)

17 '당신이 무기를 사용하지 않더라도 당신은 행운의 힘으로 적을 격퇴한다'는 의미이다.

18 '운명도 당신의 뜻한 바에 따라 정해진다'는 의미이다.

20. "과연 당신에게 관대함의 구석이 있기는 한가?"*

▶ 작품 해제

원전에는 이 시가 지어진 시기가 나와 있지 않지만 카푸르에 대한 통렬한 풍자시임에 비추어 알무타납비가 이집트에서 고위직을 바라는 자신의 계획이 좌절된 시점에서 쓰인 것으로 보인다. 8행의 짧은 시로, 카푸르에 대한 시인의 증오와 경멸, 분노가 집약되어 있다. 에두르는 표현을 전혀 사용하지 않고 직설적으로 카푸르와 이집트인들을 비웃고, 권좌에서 카푸르를 축출하기 위한 정치적 반란을 획책하고 있는 점이 눈에 띈다.

구체적으로 알무타납비는 카푸르의 흠결을 찾기 위해 그가 부항 일을 하던(1행) 노예 출신이고, '자궁 없는 궁녀'(3행) 곧 환관임을 드러내고, 이슬람에서 혐오의 대상인 '개'에 비유한다(2행). 또한 시인은 그런 비천한 자를 통치자로 떠받드는 이집트인들의 무지와 무능을 조롱, 질타하고(4~5행) 당장이라도 카푸르를 시해하여 정권을 교체하라고 사주하는 대

---

* 'Abd al-Raḥmān al-Barqūqī, *Sharḥ Dīwān al-Mutanabbī*, vol.4, pp.280~281; Abū al-Baqā' al-'Ukbarī, *Dīwān Abī al-Ṭayyib al-Mutanabbī*, vol.4, pp.150~151.

담함을 보인다(6행). 알무타납비는 정치적 혁명을 통해 카푸르를 축출하는 것이 신의 정의를 실현하는 길이라고 역설한다(7~8행).

▶ 우리말 번역

1 과연 당신에게 관대함의 구석이 있기는 한가?[1]
카푸르여, 부항 기구들과 가윗날은 어디 있는가?[2]

2 당신 손에 놓인 그자들은 자신들의 분수를 벗어났기에
개를 상전으로 모시는 자들로 알려졌지[3]

3 자궁 없는 궁녀에 졸졸 끌려 다니는
남근 달린 수컷보다 꼴불견은 이 세상에 없건만[4]

4 동서고금 막론해 통치자는 동족에서 나왔지만
천한 노예들이 무슬림들의 지배자가 되었구나[5]

---

1 【직】"관대함이 어느 길로 당신에게 오겠는가?"

2 '카푸르는 관대함이라고는 없는 자로, 부항을 붙이는 일이나 하는 하찮은 자'라는 의미이다. 카푸르를 노예로 구입한 자가 부항 일을 하는 자였다고 한다.

3 【직】"당신의 손에 지배당한 그들은 자신들의 분수를 벗어났기에 / 개를 머리 위에 둔 자들로 알려졌다" '이집트인들이 교만했기에 알라께서 카푸르라는 미친한 자로 하여금 그들을 통치하게 했다'는 의미이다.

4 '무함마드 이븐 뚜그즈 또는 이집트 군사들이 환관 카푸르의 손에 끌려 다니고 순종하는 것은 참으로 망측하다'는 의미이다.

5 '일반적으로 한 나라의 통치자는 동족 사람인데 이집트에서는 흑인 노예가 군림하게 되었다'는 의미이다.

5 고작 콧수염을 제거함이 당신들[6] 신앙의 전부란 말인가?[7]

다른 나라들이 당신네 나라의 무지를 비웃는구나[8]

6 당신들 중 젊은이가 인도 칼을 그[9]의 머리통에 대지 않겠소?

정신이 온전한 자에게서 의심이나 의혹이 사라지도록[10]

7 실로 그자[11]는 증거가 되어, 신을 부정하고

세월과 시간의 무한성을 믿는 자는 이를 이용해 사람들의 마음에 해를 입힌다[12]

8 알라께서는 그분의 피조물에게 치욕을 주실 능력을 지니셨고

무신론자 무리가 주장하는 교리가 진실하지 않음을 보이신다[13]

---

6 이집트인들을 가리킨다.

7 이슬람 순나(관습)에는 면도나 수염 뽑기를 포함하는 콧수염 제거에 관해 언급되어 있고, 그 방식 등에 관해서는 무슬림 학파나 학자들 간에 이견이 있다. 이 시에서는 당시 이집트인들이 콧수염을 뽑아 제거하는 방식을 실천하고 있음을 말하고 있다.(옮긴이)

8 시인은 흑인 카푸르에게 복종하고 그를 왕국의 통치자로 정한 이집트 사람들을 비난하는 동시에 카푸르의 시해를 부추기고 있다.

9 카푸르.

10 노예였던 카푸르가 왕이 되어 통치한다면 합리적인 사고를 지닌 사람은 알라의 섭리나 지혜를 의심할 수 있다. 따라서 카푸르 같은 자를 죽이는 것이 신의 정의가 실현되는 길이다. 그런 자가 왕위에 있음은 혹시 이집트인들이 무신론자들인가 하는 의혹을 들게 한다고 시인은 말한다.

11 카푸르.

12 '알라를 믿지 않고 시간의 영속성을 믿는 무신론자는 카푸르를 증거로 든다'는 의미이다. 세월의 힘을 믿는 자는, 만일 인간 세상을 주관하는 신이 있어 만사가 신의 뜻에 따라 이루어진다면 노예 카푸르가 왕이 되게 하지 않았을 것이라고 주장한다. 이로써 카푸르의 성공담은 무신론자들이 신의 섭리를 부정하는 근거로 유용하다.

13 '알라께서 카푸르를 통해 이집트인들을 징벌하시고, 세월의 무한성을 주장하는 무신론의 거짓을 폭로하신다'는 의미이다.

21. "나는 노예들의 거처에 머물렀고"*

▶ **작품 해제**

이 시는 카푸르에 대한 짧은 풍자시이지만, 직접적인 조롱보다는 그를 통치자로 인정한 다수 이집트인들의 정치적 무지와 방관적 태도를 비난하는 점이 눈에 띈다. 서두에서 알무타납비는 자신의 깊은 애환과 절망감을 토로하고(1~2행), 그러한 좌절의 궁극적 원인을 이집트인들의 정치의식 결여로 돌려 그들을 증오·경멸하며, 그런 무지가 그들의 천성인지 의심하기까지 한다(3~4행). 까마귀처럼 비천한 흑인 노예 출신의 카푸르가 통치하는 이집트에서 알무타납비는 마지못해 그를 칭송한 것에 대해 자신을 책망하고(5~7행), 자칼처럼 영악한 카푸르에게 통렬한 언사로 일격을 가하지 못하는 자신의 무능을 탓한다(8행). 카푸르는 비난받아 마땅한 자로, 응당 그를 비웃고 풍자해도 사람들이 양해해줄 것으로 시인은 믿는다(9~10행).

---

* 'Abd al-Raḥmān al-Barqūqī, *Sharḥ Dīwān al-Mutanabbī*, vol.4, pp.282~283; Abū al-Baqā' al-'Ukbarī, *Dīwān Abī al-Ṭayyib al-Mutanabbī*, vol.4, pp.151~152.

▶ **우리말 번역**

1 이 세상에는 마음에서 근심을 덜어줄
고귀한 분이 한 사람도 없단 말인가?

2 이 세상에는 함께 사는 이웃에 기쁨을 주는
주민들이 사는 지역이 한 곳도 없단 말인가?

3 우리가 보기에 무지無知에서 짐승과 사람이 서로 닮고
노예와 자유인이 서로 닮아졌구나[1]

4 새로운 병病이 사람들에게 닥친 건지
혹은 오래된 병이 그런 건지 나는 알지 못한다[2]

5 이집트 땅에서 나는 노예들의 거처에 머물렀고,
그들 사이에서 자유인은 고아 신세와 다름없구나[3]

6 그들 가운데 알랍[4] 출신의 흑인[5]은

---

1 '이집트인들이 무지해서 노예 출신의 카푸르가 왕이 되도록 방관했다'는 의미이다.
2 '비천한 노예들이 왕권을 차지하는 잘못된 관행이 이집트인들에게 당대에 생긴 것인지, 오래 전부터 있었던 것인지 궁금하다'라는 의미이다.
3 '이집트에서 시인은 노예 출신의 카푸르와 그 일당들 사이에서 처량한 신세의 고아처럼 냉대와 모욕을 당하며 지냈다'는 의미이다.
4 알랍(al-Lāb) : 누비아(Nubia)의 한 지역.
5 카푸르를 가리킨다.

이집트 독수리와 부엉이에 둘러싸인 까마귀 같구나

7 나는 마지못해 그를 칭송했는데,
바보를 명석한 자로 묘사함은 부질없는 짓임을 알게 되었다

8 또한 내가 그를 풍자했을 때
자칼을 비천한 자로 묘사함은 나의 무능임을 알게 되었다[6]

9 나의 이런 저런 말에 대해 양해해 줄 이 있겠지?
약골에게 병이 생기듯 내가 선택의 여지없이 그랬으니[7]

10 나는 비천한 자에게서 해코지 당했는데
해코지한 그자를 탓하지 않으면 누구를 탓한단 말인가?[8]

---

6 '내가 카푸르처럼 천한 자에 대해 '비천하다'는 표현으로 애써 말한 것은 사실 나의 언어 역량이 부족함을 보여주는 것'이라는 의미이다.

7 '카푸르가 비천하기 때문에 선택의 여지없이 그를 조롱할 뿐'이라는 의미이다.

8 '나는 카푸르에게서 냉대를 받았기에 그를 풍자할 수밖에 없었다'는 의미이다.

22. “어느 누가 이 흑인 환관에게 품격을 가르쳐주었던가?”*

▶ 작품 해제

350/962년 알무타납비가 이집트를 탈출하기 하루 전날인 아라파의 날[1]에 지은 카푸르에 대한 풍자시이다. 30행의 이 시는 크게 전 · 후반 두 부분으로 나눌 수 있다. 전반부(1~10행)는 시인 자신의 무기력하고 우울한 심정 토로이고, 후반부(11~30행)는 카푸르와 그의 측근 세력에 대한 신랄한 공격을 포함한다. 두 부분은 별개로 나뉘지 않으며, 전반부가 후반부 풍자의 원인과 배경이 된다는 점에서 유기적으로 통합된다.

전반부에서 알무타납비는 자신이 추구해온 명예로운 삶의 실현이 불가능해져 실의에 차 있다. 그는 순례 축일을 맞이하는 가운데 이집트에서 외로움과 좌절감을 느끼며 술로 고뇌를 잊으려 하지만 삶의 의욕조차 없는 지경에 이른다(1~8행). 이어지는 행(9~13행)에서 그 고통의 원인이

* ʿAbd al-Raḥmān al-Barqūqī, *Sharḥ Dīwān al-Mutanabbī*, vol.2, pp.139~148; Abū al-Baqāʾ al-ʿUkbarī, *Dīwān Abī al-Ṭayyib al-Mutanabbī*, vol.2, pp.39~46.

1 아라파의 날(yawm ʿArafah) : 이슬람력 12월(순례 달) 9일로, 순례자들이 메카 동쪽에 위치한 아라파산(Jabal ʿArafah)에서 기립하는 의식을 행하는 날.(옮긴이)

드러난다. 시인은 이집트에서 겪은 부당한 처사에 대해 울분 섞인 목소리로 고발하며, 자신을 홀대한 이크쉬드조 사람들에게 증오와 저주를 퍼붓는다(12~13행).

이하의 나머지 부분(14~30행)은 온전히 카푸르와 측근 관리들에 대한 통렬한 풍자에 할애되어 있다. 알무타납비는 카푸르에 대해 혈통(노예)과 피부색(흑인), 출신 신분(환관), 외모 등을 결점으로 드러내는 방식으로 조롱한다. 또한 이집트의 자유인 백성들이 흑인 노예 카푸르의 지배를 받으며 굴욕적인 삶을 살아가는 상황을 암시함으로써 카푸르에 대한 이집트인들의 반감과 적개심을 일으키려는 시인의 의도가 엿보인다.

▶ 우리말 번역

1 축일이여, 어쨌든 너는 내게 돌아왔느냐?
지난 것을 갖고, 아니면 새로워진 것을 갖고

2 광야에는 사랑하는 이들이 없으니
축일이여, 차라리 광야에 네가 없다면 좋으련만![2]

3 내가 숭고함을 찾으려 하지 않았다면
나는 날렵하고 힘센 암낙타나 키 큰 준마[3]를 타고 광야를 횡단하지 않았을 것

2 '명절이 되어도 가족과 멀리 떨어져 있어 전혀 기쁘지 않다'는 의미이다.
3 준마 : 【직】 "갈기가 짧은 말(jardāʾ)" 갈기가 짧은 말은 빠른 말을 의미한다.

4 또한 칼과 동침하는 것보다 피부색이 칼처럼 희고
몸이 나긋한 여종들과 함께 있는 것이 좋았을 터[4]

5 세월은 나의 심장과 나의 간肝에서
여인의 눈과 목에 매료될 어떤 것도 남겨놓지 않았다[5]

6 술 따르는 이여,[6] 그대의 술잔에 술이 있느냐?
아니면 그대의 술잔에 근심과 불면이 들어있는 것이냐?[7]

7 내가 바위인가? 내게 어찌된 일인가?
이 술은 나의 흥을 돋우지 못하고 이 노래도 그러하니

8 만일 내가 맑은 빛깔의 검붉은 술을 원하면
찾을 수 있겠지만 마음 속 애인은 찾을 수 없구나

9 세상에서 내가 무엇을 겪었던가? 그중 가장 놀랄 일은
내가 울분이 쌓인 채 시기를 받고 있다는 것[8]

---

4 '나는 숭고함을 중시하기에 향락을 멀리한 채 칼을 들고 전쟁에 참여했다'는 의미이다.
5 '나는 진지한 삶을 추구하기 위해 향락과 연애를 떨쳐버렸다'는 의미이다.
6 【직】"술을 따르는 나의 두 사람아"
7 '사랑하는 이들과 헤어져있어, 술을 마실수록 근심이 더해가고 잠이 오지 않는다'는 의미이다.
8 '알무타납비가 카푸르왕의 인색함으로 어려움을 겪는 가운데, 왕 주변의 다른 시인들로부터 시기를 받고 있다'는 의미이다.

10 나는 부유하건만 내 회계원과 내 손은 편해졌구나[9]

나는 부자인데 내게 있는 재물은 언약들뿐[10]

11 나는 거짓말쟁이들이 있는 곳에 머물렀다

그들은 손님을 환대하지도 않고 그가 떠나는 것도 막고 있구나

12 남자의 관대함이란 손에서 나오건만 저들의 관대함은 혀에서 나온다

관대함이라곤 없는 그들에게 신의 징벌이 있기를![11]

13 죽음이 그들 중 한 명의 영혼을 데려갈 때

그 악취로 인해 손에 든 막대기로 잡는다[12]

14 그들[13]은 늘어난 살가죽에 소리 없는 방귀나 뀌어대는 자들로[14]

남자의 부류에도 못 들어가고 여자의 부류에도 못 낀다

15 사악한 노예가 자신의 주인을 암살했거나 배반했을 때마다

---

9 '하사금을 받지 못해 돈을 계산할 일이 없어졌다'는 의미이다.

10 '카푸르가 알무타납비에게 많은 하사품을 주기로 약속만 했을 뿐 실제로 아무것도 주지 않았다'는 의미이다.

11 '진정한 관대함은 재물을 하사하는 것에서 나타나는데 저들은 하사하기로 언약만 할 뿐이다'라는 의미이다.

12 '그들은 성격이 비열하고 악해서 죽음도 그들을 데려갈 때 직접 손을 대지 않으려 한다'는 의미이다.

13 카푸르를 포함한 환관들을 가리킨다.

14 【직】"그들은 늘어난 살가죽에, 배를 묶는 끈이 풀려있는 자들로" '배를 묶는 끈이 풀려있음'은 '소리 없는 방귀를 뀐다'는 의미이다.

그자는 이집트에서 자신의 길을 마련했던 것인가?[15]

16 그곳에서 그 내시內侍는 도망친 노예들의 이맘이 되었던 바,[16]

자유인은 노예가 되었고 노예는 떠받들리는 자가 되었다

17 이집트의 파수꾼들이 그곳을 노리는 여우들을 경계하지 않고 잠만 잤기에

여우들은 폭식으로 욕지기날 지경인데 열매 다발은 없어지지 않았다[17]

18 노예는 자유인과 형제처럼 지내기에 맞지 않다

설령 그자가 자유인의 권속眷屬으로[18] 태어났다고 해도[19]

19 노예를 살 때는 반드시 몽둥이도 함께 사라

노예들이란 부정不淨하고 액운을 타고난 존재이니

20 나는 내 스스로 개 같은 자를 칭송해야 하고

---

15 '흑인 노예였던 카푸르가 이크쉬드국의 창건자 무함마드 이븐 뚜그즈를 암살함으로써 자신이 이집트 왕이 되려 했고, 이집트 사람들도 그를 왕으로 추대하고 그에게 복종했는데 이는 있어서는 안 될 일이었다'는 의미이다.

16 '카푸르도 주인을 배신한 자이므로 자신과 같은 부류인, 주인에게서 도망친 노예들을 데려다가 보살펴주었다'는 의미이다.

17 '이집트의 관리들이 태만했던 결과, 카푸르 같은 비열한 노예들이 백성의 재물을 빼앗아 끝없이 축적하게 되는 일이 벌어졌다'는 의미이다.

18 자유인의 권속으로 : 【직】 "자유인의 옷 속에서(fī thiyāb al-ḥurr)"

19 '자유인의 집에서 자식처럼 태어난 노예라 하더라도 그 노예는 여전히 천박함을 지니고 있으며, 성품에서 자유인과 확연한 차이가 있다'는 의미이다.

그자에게서 해코지를 당하면서 살게 되리라곤 생각해본 적이 없었다

21 나는 인재들이 사라지고, 백인 여자의 아버지 같은 자[20]가
남게 되리라곤 상상해본 적이 없었다[21]

22 또한 구멍을 뚫어도 될 만큼 입술이 두꺼운[22] 이 흑인에게
이 비열하고 겁 많은 자들이 복종하게 되리라곤 상상하지 못했다[23]

23 굶주린 자가 내 식량을 가져다 먹고[24] 나를 붙잡아두면서[25]
내가 찾아와 칭송할 만큼 자신이 위대한 인물이라고 알리려 한다[26]

24 임신한 궁녀[27]가 돌봐주는 남자[28]는

---

20 '백인 여자의 아버지 같은 자'는 흑인 내시였던 카푸르를 조롱하는 말이다.

21 '이집트인들 중 역량 있는 인재를 대신해 아비시니아[에티오피아] 출신의 흑인 환관 카푸르가 이집트 왕위에 오르리라고는 생각해 본 적이 없었다'는 의미이다.

22 '고삐를 매기 위한 구멍이 뚫린 낙타의 입술만큼 두꺼운 입술을 가졌다'는 의미로, 카푸르의 외모를 비하하는 표현이다.

23 '사람들이 흑인 카푸르에게 복종하며 그를 추종하리라고는 전혀 생각하지 못했다'는 의미이다.

24 굶주린 ~ 먹고 : '내가 카푸르에게 선물을 가져왔지만 그는 굶주린 자처럼 받기만 할 뿐 내게 아무런 보상을 해주지 않았다'는 의미로, 이 경우 굶주린 자는 카푸르이다.

25 굶주린 ~ 붙잡아두면서 : 다른 번역은 "나는 굶주린 채 내 식량을 가져다 먹고 그자는 나를 붙잡아두면서"로, 그 의미는 '나는 카푸르 궁에 머물면서 하사금을 받지 못해 내가 가져온 재화를 쓰며 먹고 지냈고, 그는 내가 이집트를 떠나지 못하게 했다'이다. 이 경우 굶주린 자는 시인 자신이다.

26 내가 찾아와 ~ 알리려 한다 : '카푸르는 통치자로서 자신의 위상을 알리려고 유명한 시인 알무타납비가 자신을 찾아와 칭송시를 지었다고 거짓 소문을 낸다'는 의미이다.

27 '임신한 궁녀('amah ḥublā)'는 살이 쪄 배가 나오고, 남성이 거세된 카푸르를 조롱하는 표현이다. 또한 카푸르가 첩이나 여종의 아들임을 암시한다.

28 '남자'는 시인 자신을 가리킨다.

부당한 대접을 받아 슬퍼하며 마음앓이를 하고 있다

25 그 상황이 안타깝고, 그 지경에 처한 자가 안쓰럽구나!

그런 궁지에서 벗어나기 위해 등과 목이 긴 마흐리야 낙타[29]가 존재하는 것

26 그런 처지에서는 죽음의 술을 마시면 맛나다는 것을 알게 된다

굴욕적인 상황에서는 차라리 죽음이 사탕수수 즙[30]처럼 달다[31]

27 어느 누가 이 흑인 환관에게 품격을 가르쳐주었던가?

그의 가문은 귀족이었던가, 아니면 그의 조상이 왕족이었던가?[32]

28 노예상인의 수중에 있는 그 노예의 귀에서는 피가 나는데

몸값을 두 필스[33] 올리면 그자를 사려는 자 아무도 없구나[34]

29 좀스러운 카푸르는 비열한 짓에 대해 용서받을 만한 천한 자들 중 하나인데

누구를 용서한다는 것은 실은 그를 책망한다는 것이지

---

29 마흐리야 낙타(al-Mahrīyah) : 마흐라(Mahrah ibn Ḥaydān) 지역산(産)의 튼튼하고 빠른 낙타.

30 원문의 '낀디드(qindīd)'는 사탕수수 즙이나 술을 의미한다.

31 '카푸르의 치하에서 굴욕을 겪으며 살기보다는 차라리 죽는 것이 낫다'는 의미이다.

32 '환관 카푸르는 노예 출신으로 귀족이나 왕족의 품격을 전혀 알지 못한다'는 의미이다.

33 필스 : 원어로 '팔스(fals)'. 당시 거래에 사용된 동전.

34 '흑인 노예 카푸르는 몰골이 흉해서 몸값이 현저히 낮다'는 의미이다.

고귀한 신분의 백인들[35]도 선행을 하지 못하는데
하물며 흑인 환관들이 어찌 호의를 베풀 수 있을까?

35 '고귀한 신분의 백인들'은 '백인 왕(王)들'로 해석이 가능하다.

참고문헌

김능우, 「무타납비의 사이프 다울라 칭송시 "기사(騎士) 중의 기사」, 『아랍시의 세계』, 명지출판사, 2004.

______, 「알무타납비의 카푸르 풍자시 "축일(祝日)이여, 어쨌든 너는 돌아왔느냐?" 고찰」, 『아랍어와 아랍문학』, 24집 3호, 한국아랍어·아랍문학회, 2020.

김정위 편, 『이슬람 사전(事典)』, 학문사, 2002.

R. A. 니콜슨, 사희만 역, 『아랍문학사』, 민음사, 1995.

Edited by an editorial committee consisting of H. A. R. Gibb & others, *The Encyclopaedia of Islam*, vol.1(A-B), new edition, Leiden : E. J. Brill, 1986.

Edited by B. Lewis & others, *The Encyclopaedia of Islam*, vol.3(H-Iram), new edition, Leiden : E. J. Brill; London : Luzac & Co., 1986.

Edited by Donzel, E. van & others, *The Encyclopaedia of Islam*, vol.4(Iran-Kha), new edition, Leiden : E. J. Brill, The Netherlands, 1997.

Edited by C. E. Bosworth & others, *The Encyclopaedia of Islam*, vol.6(Mahk-Mid), new edition, Leiden : E. J. Brill, 1991.

______________________________, *The Encyclopaedia of Islam*, vol.9(San-Sze), new edition, Leiden : Brill, The Netherlands, 1997.

Edited by p. J. Bearman & others, *The Encyclopaedia of Islam*, vol.11(W-Z), new edition, Leiden : Brill, 2002.

Meisami, Julie Scott, and Starkey, Paul(ed.), *Encyclopedia of Arabic Literature*, London and New York : Routledge, 1988.

ʿAbd al-Raḥmān al-Barqūqī, *Sharḥ Dīwān al-Mutanabbī*, vol.1~4, Beirut, Lebanon : Dār al-Kitāb al-ʿArabī, 1986.

Abū al-Baqāʾ al-ʿUkbarī, *Dīwān Abī al-Ṭayyib al-Mutanabbī*, vol.1~4, Beirut, Lebanon : Dār al-Maʿrifah.

ʿAbd al-Wahhāb ʿAzzām, *Dhikrā Abī Tayyib baʿda Alf ʿĀm*, Cairo, Egypt : S̲harikah Nawābig̲h al-Fikr, 2013.

Ḥannā al-Fāk̲h̲ūrī, *al-Jāmiʿ fi Tārīkh al-ʾAdab al-ʿArabī : al-ʾAdab al-Qadīm*, Beirut,

Lebanon : Dār al-Jīl, 1986.
Muṣṭafā al-Shak'ah, *Abū al-Ṭayyib al-Mutanabbī fī Miṣr wa al-'Irāqayn*, 'Ālam al-Kutub, 1983.
Shafīq Jabrī, "Ḥayāh al-Mutanabbī : Ḥayāh Mut'ibah Mamzūjah bi al-Dam", *Abū al-Ṭayyīb al-Mutanabbī : Ḥayātuhu wa Shi'ruhu*, Beirut, Lebanon : al-Maktabah al-Ḥadīthah, 1982.
Shawqī Ḍayf, *'Aṣr al-Duwal wa al-Imārāt : al-Jazīrah al-'Arabīyah al-'Irāq Īrān*, Cairo, Egypt : Dār al-Ma'ārif.
Ṭāhā Ḥusayn, *Ma'a al-Mutanabbī*, 13th ed., Cairo, Egypt : Dār al-Ma'ārif.
Ṭāhir Aḥmad al-Ṭanāḥī, "Junūn al-'Aẓamah fī al-Mutanabbī : Faḍīlah Khilqīyah", *Abū al-Ṭayyīb al-Mutanabbī : Ḥayātuhu wa Shi'ruhu*, Beirut, Lebanon : al-Maktabah al-Ḥadīthah, 1982.
Yāqūt al-Ḥamawī, (taḥqīq : Farīd 'Abd al-'Azīz al-Jundī), *Mu'jam al-Buldān*, vol.1~5, Beirut, Lebanon : Dār al-Kutub al-'Ilmīyah, 1990.

http://ar.wikipedia.org/wiki(Wikipedia al-Mawsū'ah al-Ḥurrah)